長編時代小説

無宿若様 剣風街道

太田蘭三

祥伝社文庫

目次

素浪人道中

1

街道の松並木のあいだから望まれる鈴鹿《すずか》の連山は、緑色の台地の向こうに、くっきりと浮かび上がっていた。その山頂は、目に染みるような藍《あい》色だ。

東海道《とうかいどう》は、石薬師《いしやくし》の宿を過ぎると、日永《ひなが》の追分《おいわけ》まで、わずか一里（約三・九キロ）。

陽《ひ》は傾いているが、まだ陽差しはかなり強く、街道は乾ききっていて、時々、ぱっと砂《さ》塵《じん》が舞い上がる。

その砂ぼこりの中から、蓮《はす》の葉を頭に載せた、ふんどし一本の馬子《まご》が、長い馬面と並んで、ひょっこり現われ、

「姐《ねえ》さん、帰り馬だア、安くやるぜ、乗っかっておくんなせえ」

と、声をかけてくる。

女郎蜘蛛《じょろうぐも》のお艶《えん》は、その馬子をチラと見ただけで、つんとすましこんで、スタスタと足を急がせる。

石薬師の宿を出てから、ずうっと浪人風の男のあとをつけているのだった。

十間（約一八メートル）ほど離れて、前をゆくその武家は、一文字笠《いちもんじがさ》をかぶり、黒い絽《ろ》の着物の着流しで、腰には、戦国時代をしのばせる古風な糸巻太刀《いとまきたち》を差している。鞘《さや》の上部にまで柄糸状に糸が巻かれていて、いまでは武家の儀式用の太刀として用いられているのである。二尺八寸（約八五センチ）はあろうという長刀だった。

——道中に着流しはおかしい。

あとをつけながら、お艶は小首をひねる。一文字笠と着流しの道中姿は、どう見ても、ちぐはぐなのだ。しかも、いまどき流行《はや》らない糸巻太刀がうなずけない。この泰平の世に、時代錯誤《さくご》の感がある。

しかし、武家は、つけられているとは気づかぬ様子で、ゆっくりと足を運んでいる。ゆっくり歩いていても、男の足だから、お艶は、容易に追いつくことができない。

お艶は、額に浮いた汗を手のひらでぬぐい、武家の背中にするどい視線を走らせた。その時、

「やいっ、待て、待て、待たねえか……お艶っ！」

うしろから、ふいに声を浴びせられた。振り向くと、遊び人風の小柄な男が、抜きはなった脇差《わきざし》を右手につかんで、砂ぼこりを巻き上げて走りよってくる。

「待てえっ！」

男は、脇差を振りかざして、大仰にわめいた。白刃が、陽の光に反射して、キラキラと細い鏡のようにきらめく。

「あっ」

おびえた声をあげて、お艶は、ぎくっと立ちすくんだが、次の瞬間には、ぱっと裾《すそ》を蹴《け》って駈け出した。

前をゆく、武家との間隔は十間……そのあいだを、鳥追い姿のお艶は、三味線《しゃみせん》を左手でかかえ、裾を乱して、つんのめるように走った。

「待てえ、待たねぇか！」

男の声で、武家は振り向いて、足を止める、その胸元へ、お艶は右手ですがりついてゆき、

「助けて、助けて下さい」

武家の顔を見上げて、声を慄《ふる》わせた。

「どうした?」

そう言いながら、武家は、お艶を背中にかばい、脇差を振りかぶった男と向かい合った。

「その女を渡しておくんなさい」

男は、脇差を振りあげたまま、するどい口調で、武家に言った。小粋《こいき》な遊び人、精悍《せいかん》な風貌《ふうぼう》である。

「この女が、どうかしたのか?」

白刃の前で、武家は、おだやかに訊《き》き返す。お艶は、武家のうしろにつっ立って、対峙《たいじ》する、二人の動きを見守っている。

「そいつは、鳥追い女に化けているが、女郎蜘蛛のお艶という、とんでもねえ女《アマ》ですぜ……昨日も、亀山《かめやま》の林蔵《りんぞう》親分の賭場で、いかさまをやり、たんまり稼いで、ドロンを決めこみやがったんで……」

「いかさまというのは、どういうものか?」

武家の声は依然として、おだやかである。いや、おだやかというより、浮世《うきよ》ばなれしていて、のんびりとしている。

「じれってぇな。旦那は、いかさまをご存知ねぇんですかい?」

「初耳《はつみみ》だ」

「ちっ、旦那の知ったことじゃねえ。とにかく、その女を渡しておくんなせえ」

「渡すことが、できないと言えば？」

「あっしも、白魚《しらうお》の銀次《ぎんじ》と呼ばれる、ちと名の知れた男だ。たとえ旦那をぶった斬《ぎ》ってでも、女を奪ってみせるぜ」

　白魚の銀次が、ギロリと目を光らせて、一歩踏みこむと、さっと路上に殺気がみなぎるが、武家は、やはりのんびりとした面持ちで、

「このわたしが斬れるかな？」

「のっぺりした、サンピンなんかに、負けるかってんだ」

「わたしは、のっぺりしているだろうか？」

「ヤンなっちゃうな……旦那は、のっぺりとしたうえに、女にすがりつかれて、でれっとしているぜ。鼻の下が伸びてらあ。とてもじゃねえが、見られたツラじゃねえ」

「しかし、きれいな女にすがりつかれるのは、悪くないものだ……銀次どのと申したな、おまえなら、こういう場合にどうする？」

「そりゃ、あっしだって男だ、命を捨てたって、女を助けてやりますぜ」

「だから、わたしも、おまえに女を渡すことはできない」

「うめえこと言って、丸めこもうたって、そうは桑名《くわな》の焼蛤《やきはまぐり》……あっしは、その女を叩き斬らねえと気がすまねえんだ、男が立たねえ」

「弱い女を斬ったところで、男は立つまい」

「なに言いやがるっ！」

言いざま、銀次は、体ごとぶつかるように、武家の頭上に白刃を叩きつけた。

武家は、無言で、体をひねった。ひねりながら、銀次の腰のあたりを右足で蹴上げる。

銀次の体は、ふわァと宙に浮いて、どすんと、仰向けにひっくり返った。

「やりやがったな！」

砂ぼこりを巻き上げながら、銀次がわめいた。しかし、とても敵《かな》わぬ相手と思ったのであろう。いまいましそうに起き上がると、パチッと鍔《つば》を鳴らして、

「覚えていやがれ」

「心に留めておこう……わたしの名前も覚えておくがよい。鈴鹿の鮎太郎《あゆたろう》と申すものだ」

「鮎太郎か……今度出会った時には、塩焼きにして食っちまうから、覚悟《かくご》しろ」

そんな捨台詞《すてゼリフ》を、鮎太郎に叩きつけて、銀次は、クルッと背中を見せる。よほど駿足《しゅんそく》の持ち主であろう、みるみるうちに、うしろ姿が小さくなってゆく。

「おかげさまで、命拾いをしました」

銀次の姿が、砂ぼこりの彼方《かなた》へ消えてから、お艶は、体をくねらせ、わざとらしい科《しな》をつくって、鮎太郎にお辞儀《じぎ》をした。すると、いきなり鮎太郎が、ぐいとお艶の右手をつかんだ。

「何をなさるのです？」

お艶は、きっと鮎太郎を見上げた。その時、はじめて、まじまじと鮎太郎の顔を仰いだのだった。

銀次は、のっぺりとしていると言ったが、どうして、なかなかの男っぷりである。切れ長の目は澄んでいて、貴公子ともいうべき風貌《ふうぼう》であった。かなりの上背もあって、肩幅も広い。お艶は、そんな鮎太郎に威圧を感じ、

「いやらしい、離して下さい」

と、つっかかるように言った。が、鮎太郎は、にこっと笑っただけで、お艶の手を離そうとしない。笑うと、憎めない童顔になる。

2

「お離しになって……あたしを、どうなさろうというのです？」

お艶の顔は青ざめたが、鮎太郎は、つかんだ手を離そうともせず、そのまま、お艶の手を引いて歩き出し、

「手をつなぎあって、道行きは、風流であろう」

「なにが風流なものですか、他人《ひと》が見ているじゃありませんか」

「恥ずかしいのか？」

お艶は、顔を赤らめて、横目で鮎太郎の顔を睨《にら》んだ。しかし、鮎太郎の表情に悪意は見えず、お艶は、ほっとした風情で、左手で三味線を抱え、右手を引っ張られてついてゆく。一見、仲のいい好いた同士に見えるから、

「とほっ、たまらねえ、おお熱い、熱いこった」

すれちがいざまに、駕籠《かご》かきが、頓狂《とんきょう》な声をあげて、ひやかしていく。

もうすぐ日永の追分である。そこを過ぎると、四日市《よっかいち》の宿まで、二里二十七町（約八・九キロ）だ。

「いいかげんに、手を離して下さいな」

お艶の声は、いくらか和《やわ》らいだが、鮎太郎は手を取ったまま、ゆっくりと足を運んでいる。

「女郎蜘蛛のお艶と申したな？」

鮎太郎が、思い出したように言った。

「女郎蜘蛛は余分《よぶん》です」

お艶は、とんがった口調で言い返す。

「おまえは、鳥追い姿がよく似合うし、芝居も、なかなかうまい」

「何のお話ですか、はっきり言って下さい」

「助けてと、声を震わせて、すがりついたところは、なかなか真に迫っていた。乞食役者よりうまい」

「何のことやら、さっぱりわかりません」

そう言うお艶の顔が、こわばったようだ。

「おまえは、あの銀次という男と芝居を演じてみせてくれた……示し合わせておいて、銀次は脇差を振りかざして、おまえを追いかける。おまえは、助けを求めて、わたしにすがりつく。そして、すがりついた時、すばやく、わたしの懐《ふところ》から、財布を入り盗《と》った……財布を返していただこうか。路銀がなくては、旅ができないからな」

「ご存知だったのですか」

「知っていたから、逃げられては大変と、手をつないできた」

こう言って、鮎太郎は、ようやくお艶の手を離した。お艶は、ふてくされて、財布を帯

のあいだから取り出し、鮎太郎に渡しながら、

「番所でも、どこへでも、さっさと突き出して下さいな」

「財布さえ戻れば、それでよい。わざわざ、おまえを小役人の手に渡すことはなかろう」

鮎太郎は、のんびりと言う。お艶は、ちょいと、照れ気味で、それでも素直に頭を下げて、

「すみません、旦那……」

「きゅうに、しおらしくなったな。人間の性は善なりとは、うまく言ったものだ。しかし、相棒の銀次が、首尾《しゅび》を案じて待っているのであろう」

「銀の字なんか、かまいません」

「色は黒いが、苦み走ったよい男ではないか」

「ああ見えて、とっても、おっちょこちょいなんです。悠然《ゆうぜん》としている旦那の爪《つめ》の垢《あか》を煎《せん》じて、飲ましてやりたいくらい」

「しかし、銀次は、おまえの情夫《おとこ》であろう」

「そんな仲じゃありません」

お艶は、きっぱりと言った。それから、色っぽい流し目を、チラと鮎太郎の横顔に送って、

「一緒じゃ、迷惑かしら？」

「いや、旅は道連れというからな……ところで、言葉つきからみると、おまえたちは、江戸の者であろう？」

「はい、江戸無宿《むしゅく》で……」

「塒《ねぐら》がないのか？」

「気の向いたところへ泊まります。浮草《うきくさ》のようなものです」

「気楽でよいな……だが、どうしてはるばる江戸から？」

「銀さんと二人で、お伊勢《いせ》参りにきたんです」

「伊勢参りにきて、他人《ひと》の財布をスリ盗って歩いているのか？」

「いけませんかしら？」

「あまりよくはない」

路上に落ちる、二人の影《かげ》が、だんだん長くなってくる。その影法師《ぼうし》が、時々、くっつき、くっついては、離れる。お艶が、鮎太郎に体を寄せて、肩をぶっつけるからだ。どうやら、意識的に肩をぶっつけて、その感触を楽しんでいるらしい。

ところが、見えつ隠れつ、二人のあとをつけてくる、二人連れの武家があった。

鮎太郎は、その二人の武家の尾行に気づかず、ゆうゆうと足を運んでいる。そして、寄りそうように、お艶が――。

「旦那は、江戸へいらっしゃるんでしょう？」

「うん」

「江戸は、はじめてでしょう？」

「よくわかるな」

「江戸の人は、旦那のように古風な刀を差していません。もっと細身の刀を粋《いき》に落とし差しにしています」

「なるほど」

鮎太郎はうなずきながら、糸巻太刀に目を落とす。

「旦那は、今夜、どこへお泊まりになります？」

一緒に宿をとるつもりでいるらしい口ぶりで、お艶が訊くと、

「その旦那と呼ぶのは、やめてほしい。どうも耳障りでいかん。わたしには、鮎太郎という名前がある」

「それじゃ、鮎さん……、次の四日市の宿で泊まりますか？」

「よかろう」

盗賊横行

1

赤々と燃える夕焼を背景に、鈴鹿山脈が影絵のように黒々と横たわる頃、鮎太郎とお艶は、四日市の宿に入り、油屋《あぶらや》という宿屋に草鞋《わらじ》を脱いだ。

「部屋がふさがっておりますので、ご一緒に願います」

と、番頭に案内されて、通されたのは、街道に面した二階の四畳半、床の間もなく、行灯《あんどん》部屋ともいうべき、粗末な部屋である。

「あたしのために、こんな部屋へ……」

すまなそうに、お艶が鮎太郎に言った。鳥追い姿だから、こんな粗末な部屋へ番頭が案内したのであろうと、お艶は、申し訳なさそうに言う。

「旅はこうしたものだろう、気にすることはない」

鮎太郎は、かえって、お艶を慰めるように言った。

「だけど、鮎さんは、こんな小さな汚い部屋へお泊まりになるのは、はじめてでしょう?」

「旅に出たのも、はじめてだ」

「お屋敷は、どちらですか?」

「いまは、おまえと同じように無宿だ、流れる雲のようなものだ」

鮎太郎はこう言って、手摺《てすり》に寄りかかって、街道を見下ろした。

その時、あとをつけてきた、二人の武家と銀次が、あわてて軒先に走りこんだが、鮎太郎は気づかない。

陽が沈むと、街道の両側に並んだ宿屋に灯がともる。軒の下に、女中や番頭が出て、しきりに客を呼びこむ。乗馬姿の武家、槍《やり》をかついでいる中間《ちゅうげん》、駕籠で乗りつける商人風の男、馬の首にぶら下がるようにして歩いている、全身刺青《いれずみ》だらけの馬子など……広重《ひろしげ》の絵を見るような、旅の情緒豊かな風景である。

鮎太郎が、ひと風呂浴びて、浴衣《ゆかた》がけで、そんな街道の様子を、めずらしそうに見下ろしていると、やがて、女中が膳《ぜん》を運んでくる。徳利《とっくり》が一本ついている。

「お酌《しゃく》させて下さいな」

お艶が、徳利を取り上げた。鮎太郎は、大様《おおよう》に盃を差し出すが、膝を崩そうとしない。

「鮎さんは、お大名の若様ですか？」

にこっと笑いかけながら、お艶が問いかけた。

「お供のない大名はないだろう」

「そっと家出をなされたのでしょう？」

お艶が、たたみこんで訊くと、

「殿様が家出するとは、聞いたことがない」

そう言って鮎太郎は、すましこんで盃を取り上げる。二十四、五歳に見えるが、浴衣がけでも、どこかしら、気品があり、毅然《きぜん》としたところがあるのだ。

「お艶どのも、呑《の》まぬか？」

「ちょいとだけ、いただこうかしら」

盃を手にする、お艶の動作は色っぽい。熟れきった年増《としま》ぶりである。ちんまりした、受《う》け唇《くち》は肉感的で、浴衣を着て、細い帯を締めているから、いっそう、なまめかしい。湯上がりの肌は匂うようだ。

チチ、チリリ、チリン——と、どこで鳴るのか、涼を呼ぶ風鈴《ふうりん》の音《ね》。

「ああ、いい気持ち」

と、お艶は盃を置いて、

「旗本の若様のように見えるけれど、江戸が、はじめてというのは、おかしいし、さっぱり、鮎さんの正体がわからない。まさか、素浪人《すろうにん》じゃあるまいし……」

「自分でも、わからない。しかし、いまのところは無宿の浪人者というところだろうな」

「自分で、自分の正体がわからないなんて、おかしいじゃありませんか？」

「おかしいといえば、たしかに、おかしい」

やはり、鮎太郎はすまして答える。とぼけているようには見えない。ほんとうに、自分の正体が、わからぬ風だ。

――この人、少し頭が変なんじゃないかしら？

しかし、財布を抜き取ったのを見抜かれたのである。お艶は、女郎蜘蛛の姐御という異名で呼ばれる、江戸で名の売れた巾着《きんちゃく》切りである。いままでに、一度もドジを踏んだことがないのに、この鮎太郎にだけは、不覚をとってしまったのだ。とすると、頭がおかしいどころではなく、油断のならない男と思われてくる。

お艶は、正体を見抜こうとするかのように、じいーっと鮎太郎の顔を見つめた。

「少し、酔っぱらったらしい」

鮎太郎は、盃を置いて、ふうーと息を吐く。目のふちが、赤く染まり、瞳《ひとみ》がトロンとしているところをみると、あまり、酒には強くないらしい。

「もう一本いかが、女中に言いつけましょうか？」

「もういい、たくさんだ」

と、鮎太郎は手を振った。お艶は、にっと意味ありげに笑った。怪しい微笑であった。

やがて、女中が膳を下げると、夜具をのべにくる。気を利かせたつもりであろう、蒲団を一組だけ敷いて、部屋を出ようとすると、

「もう一つ敷いてくれ」

鮎太郎が、女中の背中へ言った。女中は振り向いて、

「えっ？」

と、腑《ふ》に落ちないといった表情。

「二人で、一つの蒲団に寝るのは窮屈《きゅうくつ》だ」

「はい、はい」

女中は、おどけたように答えながら、憐れみをこめて、チラとお艶を見やり、いま一組、夜具を運びこんでくる。そして、二つ蒲団を並べて敷くと、さっさと部屋を退がっていった。

「蚊帳《かや》を忘れたのかな？」

思いついたように、鮎太郎が言うと、

「こんな貧乏たらしい宿屋に、蚊帳なんかあるものですか」

お艶が、ツンと、とんがった口調で言い返した。

2

「一緒に寝るのが窮屈だなんて、はっきり言わないで下さいな……まるで、あたしが、ひどく嫌われているようじゃありませんか」

お艶が、体を横たえ、鮎太郎の方を向きながら言うと、

「わたしの寝相がよくないと見抜いて、おまえを気の毒に思ったのだろう」

「鮎さんは、ほんとうに一つの蒲団へ、二人で寝たことがないんですか？」

「寝相が悪いから、いつも一人だ」

「あたしだって、鼾《いびき》をかきます」

「それでは、お艶どのが、鼾をかかないうちに、早いとこ眠ろう……灯を消してくれ」

先手を打たれて、お艶は、枕元の行灯の灯を消さざるを得なかった。起き上がって、ふ

ゥーと灯を吹くと、部屋の中は暗くなり、それから、薄ぼんやりと浮かび上がって見えてくる。街道に面した障子《しようじ》が明るい。月明かりなのだろう。

しばらくすると、寝つきのよい男とみえて、鮎太郎の寝息が聞こえてくる。客を呼びこむ番頭や女中の声もとだえ、廊下を踏む足音もやんで、宿屋の中は、ひっそり静まりかえってしまう。

だが、お艶は眠ることができなかった。じいーっと目を閉じて、寝入ったふりをしながら、ぴぃーんと神経をとがらせて、鮎太郎の寝息を窺《うかが》っていたのである。

鮎太郎という男性が、となりに臥《ふ》せっており、それを意識して、興奮し、神経をとがらせているのではなかった。男嫌いと言われる、お艶だ。もっと、他に目的があったからである。

仰向けに寝ていたお艶は、そっと寝返りを打って、鮎太郎を窺った。寝相が悪いといいながら、少しも動かずスヤスヤと眠っている。健康的な寝息が聞こえてくるだけである。

チリ、チリン、チリリンと、静寂を破るのは、風鈴の音だけ。

それでもまだ、お艶は、じいーっと耳をすませて、彫像《ちようぞう》のような鮎太郎の寝顔を見守っていた。障子を通して、月の光が射しこみ、鮎太郎の顔を、ほの白く照らし出している。

半刻（一時間）ほどたってから、お艶は、スルリと蒲団をすべり出た。音も立てずに、宿屋の浴衣を脱ぎ捨てると、枕元に畳んであった、自分の着物を着、帯を締めた。それから、いま一度、鮎太郎の寝顔を窺い、そっと、近づいていった。

お艶は、畳の上をすべるように、爪先《つまさき》立ちになって、鮎太郎に近づいてゆき……枕元に置かれた大刀に手を伸ばした。

古風な糸巻太刀である。その太刀の鍔《つば》のあたりに、お艶の手が触れた時、

「その刀は渡せぬ」

鮎太郎が目を開いて、押さえつけるように、低い声で言った。

「……！」

中腰のまま、お艶は、はっと息を呑んだ。身体がこわばり、石のように硬くなった。

3

その時、かすかだが、廊下に足音がした。

足音を殺して、つゥーと廊下を走ったのは、白魚の銀次だ。

銀次は、相棒のお艶の首尾《しゆび》を案じて、ひそかにあとをつけ、この宿屋に泊まりこんでい

たのである。

廊下を走り抜けた銀次は、突き当たりの障子を開けて、すばやく、その部屋へ入っていった。

そこは、床の間のついた八畳の座敷で、あかあかと行灯がともされている。真夜中だというのに、座敷の中央で四角い膳をはさんで、二人の武家が盃を傾けていた。

「うまくいったか？」

「首尾はどうだ？」

二人の武家は、盃を宙に止め、せきこんで、銀次に問いかける。

いずれも、伊勢亀山藩の勤番者——一人は、小野市之助《おのいちのすけ》、いま一人は、山西伝蔵《やまにしでんぞう》という男だった。亀山藩の当主は、松平下野守正忠《まつだいらしもつけのかみまさただ》で、その石高は六万石である。

ところで、この市之助と伝蔵だが、二人とも三十がらみの狡猾《こうかつ》そうな男。市之助は頬骨《ほおぼね》の高い男だし、伝蔵の唇は厚い。

鮎太郎とお艶のあとをつけてきたのは、この二人連れであった。

「また、しくじったか、不覚な！」

銀次の顔色を読んで、市之助は、ちっといまいましそうに舌を鳴らした。

「ドジを踏みやした、面目《めんぼく》ねえ」

と、銀次も悔しそうだ。

——お艶と銀次は、この市之助から、鮎太郎の腰の太刀を盗んでくれ……と、頼まれたのである。頼まれれば、あとに引かぬのが江戸っ子で、よし、盗《と》ってみせやしょうと、二人は、十両で受け合った。

そして、鮎太郎の懐《ふところ》から、財布をスリ盗れば、路銀に困り、太刀を売り払うだろう、その売り払った太刀を、買い取れば、こっちのものだ。まず財布をスリ盗れ……と、策を授けたのは、市之助だった。どうやら、目的は、古風な糸巻太刀を奪い取ることにあるらしい。

しかし、二人は芝居を演じ、鮎太郎の懐中から、財布を抜こうとして失敗し、いままた、お艶が、例の糸巻太刀を盗もうとして、ドジを踏んだのだった。

「もう江戸の巾着切りには頼まぬ。江戸っ子は口だけが達者で役に立たない」

と、市之助は吐き出すように言うし、伝蔵は目障りだ、退がれ、と言わんばかりの眼差しで、ジロリと銀次を睨みつけた。

銀次とて、白魚のように指先が白く、すんなりとしているところから、白魚の兄いと呼ばれて、江戸では顔の売れた男だ。それゆえ、

「面目ねえ」

と、謝るのは、よくよくのことだった。

「しかし、恐ろしく腕の冴《さ》えた野郎ですね……いったい、あの鮎太郎は何者です？」

と、銀次が訊くと、

「おまえの知ったことではない。黙れ！」

市之助が、冷たく突っぱねる。

――お艶と銀次の二人は、鮎太郎の正体を知らなかったのである。また、どうしたわけで、市之助らが、糸巻太刀を奪おうとするのか、その理由を知らなかった。しかもその上、市之助と伝蔵の身分すら知らなかった。ただ、二人は、太刀を盗んでくれと依頼され、盗み取ってみせようと、受け合っただけであった。

「おまえたちには、もう頼まぬ」

いま一度、叩きつけるように市之助が言った。

「こやつらが、あてにならないとなれば、鮎太郎を斬り、太刀を奪うより手立てはない」

と、伝蔵の目が、キラと殺気で光ると、いきなり銀次が、ふてぶてしく、あぐらをかいて、

「おう、こちとらだって、頼まれねえぜ……おめえたちに、あの男が斬れるものなら、すぱァと景気よく、斬って見せてくんねえ」

江戸っ子は、気が短い。肚《はら》に据《す》えかねたとなると、とたんに啖呵《たんか》が飛んで出る。

「ドジを踏んだのは、たしかに、おいらが悪い。だがよ、相手が腕の立つ野郎じゃ、手の出ねえのは、あたりめえじゃねえか。おまけに、おめえたちから、まだ一文だって、もらっちゃいねえんだ。つべこべぬかすな、オタンコナスめ」

銀次が、得意の巻舌《まきじた》でまくしたてると、

「無礼な！　黙れ！」

市之助が、左手で、さっと太刀をつかんだ。が、その時、銀次は、ぱっと畳を蹴って立ち、ガラッと障子を開けて、すばやく廊下へ飛び出していたのである。

「ちょっ、いけすかねえ、サンピンだ」

銀次は、自分の部屋へ戻って、寝酒でもあおるつもりなのだろう。廊下を突っきると、トントントンと階段を降りていった。

――さて、その頃、鮎太郎の部屋では、行灯の灯がともされて、お艶が鮎太郎の枕元に、肩を落としてすわりこんでいた。

鮎太郎は、起き上がって、お艶を咎《とが》めようともしなかったのである。

あの時一瞬、お艶の顔から、さっと血の気が失せて、体がこわばったが、さすがは、女郎蜘蛛の姐御、とっさに度胸を据えて、

「さ、さっさと番所へ突き出しておくんなさい。この勝負は、あたしの負け……突き出されようと、斬られようと、決して鮎さんを恨みません」

「そう興奮することはあるまい……おまえは、悪い女ではない、誰かに、この刀を盗んでくれと、頼まれたのであろう？」

お艶の顔を仰いで、臥《ふ》せったまま、鮎太郎は静かに言った。

「誰に頼まれたのか……それは、訊かないでおこう、また訊いたところで、おまえは言うまい」

鮎太郎の声音は、優しかった。その優しさが、お艶の胸に、ずーンと響いて、

「すみません」

ショボンとし、素直に謝ると、

「気にすることはない。嫌なことは、なるべく早く忘れることだ……しかし、この刀だけは、誰にも、渡すことはできない。古備前信房《こびぜんのぶふさ》の名刀で、二尺八寸の長刀だが、わたしにとっては、命と同じくらいに大切なものだ」

「この部屋で、寝《やす》ませていただいてもかまいません？」

女郎蜘蛛の姐御に似合わぬ、沈んだ声で、お艶が問うと、

「かまわないさ。ここは、おまえの部屋ではないか。さ、早く寝むがよい。明日の朝は、

早く立とう」

「ご一緒に、道中願えますかしら？」

「よかろう」

鮎太郎は、明るい声で答えた。

喧嘩《けんか》船路

1

四日市の宿から、桑名の宿まで、三里八町（約十三キロ）。

桑名の宿から宮《みや》まで、船路で、これを七里の渡しといい、二時間あまりの航海である。

水平線の彼方に、ポツンと小さな白い雲が浮かんで、海は紺碧《こんぺき》の色をたたえている。伊勢湾の中だから、ほとんど波はなく、船は海面をすべるように走ってゆく。

船首の向こうに、知多《ちた》半島が、青く横たわって見える。

お艶は、船尾にすわって、その青い半島の前に点在する白帆を、目を細めて眺めていた。あざやかな白帆が、旅情を慰めてくれる。いや、旅をしていることが楽しかった。このまま、どこまでも旅をつづけたいとすら思った。

なぜなら、そばに鮎太郎がいるからであった。

鮎太郎は、船端に背中をもたせかけて、いつもと変わらぬ駘蕩《たいとう》たる横顔を見せている。

「鮎さんは、女の人を好きになったことがありますか？」

ふと、そんなことが訊いてみたくなるお艶だ。

「ある」

鮎太郎が、ボツリと呟くように言った。

「おきれいな女《ひと》でしょうね？」

「うん」

「その人は、いまどちらに？」

「この世にはいないのだ」

「へーえ、お亡くなりになったのですか……でも、鮎さんは、その人と結婚なさるつもりだったのでしょう？」

「いや、夫婦《めおと》にはなれない」

「どうして？……誰かが、二人の仲を裂いたのですか？」

「仲を裂かれたわけではない」

「それじゃ、どうして？」

お艶が、たたみこんで訊くと、

「わたしの母だからさ」

にこっと笑って、鮎太郎は答える。

なァーんだと、お艶は、ほっとする。からかわれているとわかっても、肚《はら》が立つより、うれしくなってくるのだった。

――女郎蜘蛛の姐御らしくもない、まるで、おぼこ娘のようじゃないか。

と、自嘲《じちょう》がわくが、鮎太郎のそばにいるだけで、胸がふくらむ思いなのだ。だから、鮎太郎と肩を並べて、四日市の宿を出、桑名に向かって街道を歩きながら……泥棒稼業から足を洗うと、鮎太郎に誓ったのだった。

それはよいことだ、と鮎太郎も喜んでくれて、いまは、大っぴらに二人で道中ができるのだ。

「この船の上で中食《ちゅうじき》にしましょうか？」

握り飯の包みを膝の上に取り上げて、お艶が弾んだ声で言うと、

「潮風に吹かれながら食べると、食欲が出るだろう」

船端から背中を離し、身体を起こしながら、鮎太郎が言った。

その時、帆柱の下、船のちょうど真ン中のあたりから、

「やいやい、なめやがると、ただではおかねえぞ！」

突然、怒声があがった。二十人あまりの船客たちは、はっとし、腰を浮かせて、その怒声の主を見ようとする。船首の方に、小野市之助と山西伝蔵の顔が見え、ジロッと船尾の鮎太郎を睨んだが、鮎太郎は、彼らに面識がないらしく、目に留めない。が、お艶はチラと市之助を認めた。

「こちらがおとなしくしてりゃ、いい気になりやがって、ふてえ女《アマ》だ！」

つづいて、怒声が飛んだ。

鮎太郎とお艶は、顔を見合わせて立ち上がった。

怒声の主は、これ見よがしに、長脇差をひきつけている、三人のやくざ風の男たち。その三人の前で、すくみあがって、慄えているのは、二十四、五歳のあだっぽい女と、中年の職人風の男である。

「やい、お雪《ゆき》……どうあっても酌《しやく》をするのがいやだというのか。おめえは、居酒屋の女将《おかみ》じゃねえか。酌をするのが、商売の女だ」

「おれたちは、親分の言いつけで、おめえのあとをつけているんだ、なめた真似をしやがると、ひっくくって、江戸へ連れて帰るぜ、やい、お雪なんとか言えっ！」

やくざたちは、好色な目をぎらつかせて、口々にがなりたてる。

「ま、まあ、かんべんしておくんなさい。旅先のことでございますから、女将さんも、疲れていなさるんだ……」

と、中年の職人風の男が声を震わせると、

「清吉《せいきち》、板前のおめえは、ひっこんでいやがれ」

やくざの兄貴分らしい大柄な男が、叩きつけるように言った。

2

居酒屋の女将、お雪は、着物の上からでも、むっちりとした肌を想像することができる豊満な女で……いまやくざたちの前で、その体を硬くして、うつむいている。白い項《うなじ》で、後《おく》れ毛が震えていた。その脇で、板前の清吉が、船板に額《ひたい》をすりつけている。

「どうしても酌をしねえ、いやだというのなら、させてみせようじゃねえか」

兄貴分らしい男が、太い腕を伸ばして、ぐいっとお雪の右手をつかんだ。

「あっ、離して、離して下さい……汚らわしい」

「何っ、汚らわしいだと！」

「何をなさるんです！　親分に言いつけますよ」

「おめえに酌をさせたぐらいで、親分が怒るものか」

「ああっ、よして……」

はだけて、胸毛ののぞいている兄貴分の胸へ、引き寄せられて、お雪がのけぞる。

「何しやがるんでえ！」

横脇から、いきなり板前の清吉が、兄貴分に飛びかかっていったが、いま一人の、赤ら顔のやくざに、トンと長脇差の鐺《こじり》で胸を突かれて、

「ううっ……」

胸を押さえながら、ドスンと、仰向けにひっくり返ってしまった。

その時であった。

鮎太郎が、三人のやくざの前へツカツカと歩み寄り、おだやかな声で制したのは——。

「これこれ、乱暴してはいかん、ほかの客にも迷惑だ」

「何だと、誰でえ、おめえは？」

兄貴分が、お雪を突き離して、さっと立ち上がると、あとの二人も、いっせいに長脇差をつかんで、すっくと立つ。

「おい、船の上で、喧嘩はならねえぞ」

と船頭がわめき、客たちも総立ちになる。

お艶は、鮎太郎の横顔をほれぼれと見つめているし、市之助と伝蔵は、船首に立って、するどい目を注いでいる。

「やいやい、おれたちを鬼形《おにがた》一家の者と知って、因縁をつけようってのか？」

「因縁を、つけるつもりではないが、その鬼形一家というのは、どういう者の集まりだ？」

鮎太郎は船端を背にして立ち、兄貴分に、常のごとく、のんびりとした口調で訊き返す。

「鬼形一家を知らねえとは、おめえ、よっぽど田舎《いなか》侍だな……親分の鬼形土膳《しゆぜん》は、江戸一番の剣客でよ、直心影《じきしんかげ》流の達人だ。おまけに、江戸中で、二人といねえ大親分、ぱりっとした貸元《かしもと》だ……どうでえ、恐れいったか？」

「すると、おまえたちは、その鬼形とやらの子分だな？」

「子分には違いねえが、そこいらの三ン下《サンシタ》とは、人間の出来が違うぜ」

「ほほう、出来のよいほうか」

鮎太郎は、にこっと笑いながら、

「わたしは、鈴鹿の鮎太郎というものだが、おまえたちのように出来はよくない」

「アユかフナかは知らねえが……おれは、マムシの源吉《げんきち》てンだ」

まず、一番に、兄貴分が長脇差の柄《つか》を押さえて、名乗りをあげる。

「次の子分どのは？」

赤ら顔のやくざに、鮎太郎が訊くと、

「おいらア、ツブテの弥七《やしち》、覚えておいてくんねえ」

「お次は？」

「スットビの亀《かめ》てンだ」

「マムシも、ツブテも、スットビも、弱い者いじめはいかん、道中は、みんな仲よくするものだ」

「なンぬかしやがるんでえ、ええいっ」

わめきざまに、亀が、鮎太郎の真《ま》っ向《こう》へ、ぱっと身を躍らせて斬りかかった。

スットビの亀と名乗っただけあって、その動作はすばやかったが……白刃が、キラッときらめいた瞬間に、さっと、鮎太郎が体を開いたから、

「ああっ」

亀は、目的物を失って、空間をすっ飛び、もんどりうって、船端を越えた。亀の体は、宙に流れて、海へ……ザンブと飛沫《しぶき》をあげる。

「やりやがったなっ！」

マムシの源吉が、長脇差をキラリと抜き放ったが、何ごともなかったように、悠然と立っている鮎太郎を見ると、敵《かな》わぬ相手とさとったのであろう、斬りかかろうとせず、

「やい、船頭、船を止めろ！」

と、怒鳴った。

「止めろ、船を止めてくれっ！」

ツブテの弥七も、船端に走り寄って、海面を見下ろしながらわめく。

「ああっ、いけねえ、亀が溺れる、亀が沈む。……あの亀は泳げねえんだ」

「泳げない亀なんて、聞いたことがねえ」

船客の誰かが、まぜっ返すと、

「早く、船を止めてやれ」

鮎太郎が振り向いて、船頭に言った。

剣風街道

1

船で宮に着くと、それから、ふたたび街道をとって、一里半（約五・八キロ）で、鳴海《なるみ》の宿に入る。この宿を出て、二里三十町（約十一キロ）で、馬市《うまいち》で有名な池鯉鮒《ちりゅう》の宿に着くのだが……。

鮎太郎の一行が、鳴海の立場茶屋で一休みして、池鯉鮒に向かったのは、陽が西に傾きかけた頃であった。

街道の松並木の梢《こずえ》から、ジィー、ジィー、ジィーと、油蟬《あぶらぜみ》の声が降ってくる。今日も、暑い。炎天の蟬の声が、いっそう暑さをそそる。

さて、鮎太郎の一行は、宮の宿から、新たに、お雪と清吉が加わって、四人連れになっていた。

いまは、鬼形一家のマムシの源吉らの姿は見えない。海へ落ちた、スッポンの亀を助け上げると、彼らは、ふたたび鮎太郎に斬りかかろうとしなかった。お雪は、ほっと胸をなで下ろし、鮎太郎に、礼を述べたのだったが、江戸までの道中は長い。鬼形一家の仕返しを恐れて、鮎太郎に同行を願ったのだった。

「よかろう、道連れは、多いほうが楽しいものだ」

と、鮎太郎は承知し、同行四人となったのである。

お艶は、ちょいとばかり、中っ腹だった。やきもちを妬《や》いていたのかもしれない。

鮎さん、鮎さん……と、お雪がなれなれしく呼びかけ、歩きながら、鮎太郎に肩を寄せていくからであった。

もっとも、お雪も、はじめのうちは、鮎太郎を旦那と呼んでいたのである。すると、鮎太郎が例の調子で、旦那はよしてくれ、わたしには、鮎太郎という名前があると言い出して……お雪が、なれなれしく、しかも、ちいとばかり甘えた声で、

「ねええ、鮎さん」

と、呼びかけるようになったのだった。

——せっかく、鮎さんと二人きりで、江戸まで、楽しい道中ができると思っていたの

に。

お艶の心は、おさまらなかった。おだやかではなかった。それゆえ、時々、鮎太郎の横っ腹をトンと突っついてやるのだが、いっこうに反応がない。

鮎太郎は、お艶とお雪にはさまれて、両手に花で歩いているのである。そのうしろに、清吉が神妙な顔でくっついている。

右側に、お艶。

左側に、お雪。

そして、二人は、すべての点において、対照的だった。お艶のほうは、痩型で、凄艶《せいえん》ともいうべき、美しさだったし、お雪のほうは、肥満型で年増によくある、ぽってりとした魅力を持っている。

「ねえ、鮎さん、今夜は池鯉鮒の宿で泊まりましょう」

と、お雪が言うと、

「鮎さん、もう少し、足を伸ばして岡崎《おかざき》までゆきましょう」

と、お艶が張り合うのだ。

「清吉どのは、どうする？」

振り向いて、鮎太郎が訊くと、

「あっしは、女将さんのお供ですから」

と、清吉はお雪の肩を持つのだった。

「男のくせに、足が弱いのですね」

お艶が決めつけると、清吉は、にこっと笑いながら、

「あっしは板前ですから、足に自信がありませんや」

清吉は、二人の女にはさまれながら、歩いている鮎太郎を、はて、どちらによろめくだろうと、うしろから、楽しみながら観察しているのだ。右側のお艶は、時々、鮎太郎の脇腹を、思わせぶりに、トンと突っつき、体をくねらせながら歩いている。

その体のくねらせようは、たしかに、愛《う》い、魅惑的である。一方左側のお雪は、時々肩を鮎太郎に寄せかけてゆく。うしろから見ていると、色っぽさにおいて、少しお艶のほうが勝るが……女将さんだって、ポッテリとした餅肌《もちはだ》だから……はて？

清吉にすれば、女将さんのお雪のほうへ、鮎太郎が、傾くことを望んでいるわけだが、しかし、鮎太郎は、どちらにも、よろめく気配を見せず、ゆっくりと足を運んでいる。

「お雪どのは、居酒屋の女将だったな？」

思い出したように、鮎太郎が訊いた。

「はい、江戸の花川戸《はなかわど》で、おかめという小さな居酒屋をやっております」

話しかけられて、お雪が、うれしそうに答えると、

「すると、お雪さんが、おかめで、清吉さんが、ひょっとこというわけなのね」

お艶が、そんな、憎まれ口を利く。

「居酒屋の女将が、どうして、はるばる旅に出たのだ？　やはり伊勢参りか？」

鮎太郎が、重ねて、お雪に訊いた。

「とっても、いやな男に、妾《めかけ》になれと、しつっこく言い寄られ、お伊勢参りにかこつけて、江戸を逃げ出したのでございます」

「その男、よほど、嫌われたとみえるな」

「そのいやらしい男が、鬼形一家の親分の主膳で、わたしが旅に出ると、いやがらせに、子分にあとをつけさせたのです」

「なるほど、それで、マムシや、ツブテや、スットビが、くっついていたのだな」

「はい」

「鬼形主膳というのは、それほど、いやな男か？」

「武家くずれのやくざで、四十がらみの、六尺（約一八二センチ）くらいの赤ら顔の大男です。駒形町《こまがたちょう》に住居をかまえているのですが、大川端界隈《かいわい》では、ダニのように嫌われております」

「親分は、江戸一番の剣客、直心影流の達人と、マムシが自慢していたが……」

「剣をとると、すごく強いそうです。だから、やくざといっても、博奕《ばくち》を打つのが商売ではなく、人を殺すのが本職だという噂《うわさ》です」

「人を斬る商売があるのか……」

鮎太郎が、思わず眉を寄せた時であった。

行手から、砂ぼこりをまいて走ってくる男の姿が見えた。芥子粒《けしつぶ》のように見えていたその男は、韋駄天《いだてん》らしく、みるみるうちに近づいてくる。

男は、白魚の銀次であった。

2

「お艶どのと、芝居を演じて見せてくれた、役者どのか……白魚の銀次とか言ったな?」

鮎太郎は、柔和《にゅうわ》な眼差しで銀次を見、立ち止まりながら、声をかけた。お艶も、きっと銀次を見る。お雪と清吉も足を止めた。

「へい、あの節は、とんだ失礼を……ま、悪く思わねえで、かんべんしておくんなせえ。べつに悪気はねえんですから」

と、銀次は、ペコリと頭を下げて、きまり悪げに肩をすぼめる。走りつづけてきたせいで、はだけた胸板が、べっとり汗で濡れていて、月代《さかやき》が砂をかぶっている。

「真剣な目つきを見ると、今日は、芝居ではなさそうだな？」

鮎太郎が、笑顔で問うと、

「へい。お詫びのしるしに、旦那の味方に、はせ参じたわけで……」

と、銀次が声を弾ませる。

「いったい、どうしたのさ、銀の字？　鮎さんに手を出すと、このあたしが、ただじゃおかないから」

めずらしく鉄火《てっか》な口調で、お艶が言った。

「手を出すなんて、とんでもねえ、姐御が惚《ほ》れて、くっついている旦那なら、いい人に違いねえと思って、一目散に突っ走ってきたんですぜ。ええことになりやがったんだ」

「銀の字の、ええことは、当てにならないんだから」

「とんでもねえ、こいつだけは、一大事だ。何しろ、旦那の命が危ねえんですからね」

「えっ、鮎さんの命が危ないって？」

と、お艶が目の色を変えると、

「そうら、おいでなすった。姐御の目が血走ってきやしたぜ」

「冗談じゃないよ。その一大事というのを、早く言ったらどうなの、じれったいねえ」

お艶は、もう喧嘩腰である。

「じつは、旦那……」

と、銀次は鮎太郎の前へ、ズイと一歩すすみ出て、

「お艶姐さんとあっしに、旦那の腰の太刀を盗んだら、十両くれてやると言った、小野市之助と山西伝蔵って野郎が、旦那を斬って、刀を盗ろうと、ここから一里ほど先で、待ちぶせをしていやがるんで」

「その市之助と伝蔵とやらは、どういう男だ？」

鮎太郎は、動ずる気配を見せず、落ち着き払って質問する。

「ご存知ねえんですかい？」

「聞いたことのない名前だ」

「この二人は、ずうーっと旦那のあとをつけていたんですぜ……あっしにも、身分を明かさねえので、こっそり探ってみると、市之助も伝蔵も、伊勢亀山藩六万石の勤番者とわかりやした」

「亀山藩の者か」

「やっぱり、心当たりがあるんでしょう？」

「ないこともない」

鮎太郎の言葉には、含みがある。

「あたしは、市之助と伝蔵が七里の渡しで、おなじ船の中にいたのを知っていました。でも、腕の立つ、鮎さんの敵じゃないと思って、黙っていたんです……相手は、たった二人でしょう?」

と、お艶は強気だ。

「ところが、二人じゃねえんだ、あっしだって、刀を盗んでくれと、頼んだやつの名を明かすのは、仁義《じんぎ》に反するし、旦那の前に出せるツラじゃねえから、黙ってすっこんでいたいところだが……あいつらが、あんまり卑怯《ひきょう》な真似をしやがるから、肚が立ってきて、こうして夢中で駈けつけてきたんだ」

「卑怯とは、どういうことだ?」

銀次は、興奮しているが、鮎太郎の声音は静かだ。

「旦那は、鬼形一家のやつを、海ン中へ投げこんだでしょう?」

「ああ、亀を一匹放りこんだ」

「そいで、市之助らは、そのやくざたちをそそのかし、力を合わせて仕返しをしようと、策を立てやがったので……」

「すると、鬼形一家の三人に、亀山藩の者が二人で、合わせて五人ということになる」

「とんでもねえ。たった五人くらいじゃ、あっしだって驚かねえ」

「ほほう、まだ、ほかにいるのか？」

「市之助らは、街道の雲助《くもすけ》たちを、二十人あまりも、かきあつめやした」

「しかし、雲助なら烏合《うごう》の衆だ」

「ところが、その上、問屋場の役人まで、どっと、くり出したんで」

「どうしたわけで、役人まで、飛び出してきたのだ？」

「市之助が、旦那のことを、亀山の城下町で辻斬《つじぎ》り強盗を働いた、お尋ね者と……訴え出たので、問屋場の田舎役人が真に受けて、捕物陣を敷きやした」

「みんな合わせて、何人ぐらいだ？」

「旦那、驚くなかれ、なんと、四十人の大軍ですぜ」

「四十人の大軍ときたか」

と、鮎太郎が、きれいな眉宇《びう》を寄せると、

「どうしましょう、鮎さん？」

お艶が、不安そうに、すがりつくような目で、鮎太郎を仰ぐ。

「回り道はないでしょうか？」

お雪も、おろおろ声だ。

「とにかく、ぶつかってみよう」

ややあってから、鮎太郎は、決然と言い放った。

「そいじゃ、あっしに助太刀《すけだち》をやらしておくんなさい」

銀次が、気負いこんで、脇差の柄を叩き、

「あっしだって、包丁をとりゃ、名の売れた板前だ。魚が切れて、人間が斬れないはずはない」

清吉も、蒼白な顔に、決意の色を浮かべたが、

「いやいや、志《こころざし》はありがたいが、助太刀はならぬ。とにかく、わたしが一人で、ぶつかってみよう。おまえたちは、あとから、ゆっくりとくるがよい」

鮎太郎は、きびしく言って、スタスタと足早に歩きはじめた。

3

問屋場の役人といっても、武士ではなく、その町や、近くの村の名望家が選ばれて、何人かが問屋場に詰めているので、まず一種の町役人というべきであろう。その役人の一人

が、一番先に口を切った。

「鮎太郎と申すは、その方か？……神妙に縄を受けい！」

捕手は六尺棒、雲助たちは息杖《いきづえ》を振りかざしている。その数は、およそ三十人あまり。

その他、鬼形一家のマムシの源吉、ツブテの弥七、スットビの亀の三人と、小野市之助に
山西伝蔵の二人だ。銀次が報告したように、敵は四十人に近い陣容であった。

「縄を受ける覚えはない。問屋場の役人風情が、わけも知らずに、捕手をくり出すのは、
無法ではないか」

鮎太郎は、その無法な四十人に、グルリと取り囲まれて、役人に言い返し、

「勢州亀山藩の者は、おぬしか？」

つづけて、声をあげると、

「亀山の城下で、辻斬り強盗を働いた大罪人……問答無用だア」

と、市之助が声を張り上げて、キラッと大刀を抜いた。円陣の中で、武家姿は、市之助
と伝蔵だけである。それゆえ目立って見えるから、鮎太郎が、白刃を正眼にかまえた、市
之助に目を留めて、

「おまえが、小野市之助だな？　ようく顔を見覚えておくぞ」

と、するどい視線を走らせると、

「黙れっ」

市之助の右脇から、伝蔵が、つゥーと前へすすみ出て、抜刀する。

「この糸巻太刀を奪うために、わたしを斬るのか？　太刀を奪えと、誰に頼まれた？」

鮎太郎が詰問《きつもん》する。

「未練者、抗弁許さぬ！　黙れえっ！」

切っ先をブルッと慄わせて、伝蔵がわめいた。その時、

「やいやい、鮎太郎、よくも海ン中へ投げこみやがったな、陸の上じゃ負けねえぞ。叩き斬ってやるから、念仏でも唱えやがれ！」

スットビの亀が、長脇差をひっこ抜いて、鮎太郎の前へ、ズイと一歩すすみ出た。鉢巻《はちまき》、たすきがけの喧嘩装束《けんかしょうぞく》だ。

「覚悟しやがれっ」

「地獄へ送りこんでくれる！」

マムシの源吉と、ツブテの弥七も、長脇差を振りかぶり、爪先立《つまさき》ちに、ジリジリジリッと間合いを詰めてくる。

五本の白刃のきらめきが、キラキラキラッと鮎太郎の目を射る。息詰まりそうな殺気が、路上にみなぎっているのだ。

——池鯉鮒の宿場の二町ほど手前、知立《ちりゅう》神社の杉木立が、麦畠の向こうに、はっきりと望まれるところであった。

西陽を真正面から浴び、長い影を路上に落として、鮎太郎は、しばらく黙然と立っていた。

相手は、無法者の集団に等しい。無法な輩《やから》に、抗弁はムダである。言葉が通じない。だが、鮎太郎は、その無法者たちを、斬ろうという気になれなかった。

殺生《せっしょう》は、いやだ！

しかし、白刃はジリジリッと、前からも、うしろからも、迫ってくる。逃げ出すにも、白刃の陣と、捕手と雲助の壁を突き破らなくてはならない。

——話せば、わかると思ったのが、うかつだった。

いまさら、後悔しても、はじまらない。いたずらに、手をこまぬいているわけにはいかないのだ。それなのに、鮎太郎の胸には、少しも殺意が湧《わ》いてこないのだった。

「神妙にせいっ！」

役人が叫んだ。その叫び声に誘われて、ついに鮎太郎は、腰の糸巻太刀をスラリと抜き放った。古備前信房の名刀、二尺八寸の大業物である。

鮎太郎が、抜刀すると、捕手は六尺棒を、雲助たちは、息杖を取りなおし、円陣が、ぱっと広がる。

殺生は、いやだ！

太刀を抜いたものの、鮎太郎は、まだどうしても斬る気になれなかった。積極的に、斬って出ようとせずに、

「スットビの亀さん、こんどは、極楽まで、すっ飛ばないように用心したほうがよさそうだな」

と、真正面で長脇差を振りかぶっている亀に声をかけてやると、

「なンぬかしやがる、しゃらくせえっ！」

亀は、いきなり、だッと大地を蹴って、白刃を鮎太郎の頭上へ叩きつけてきた。

その刹那《せつな》に、鮎太郎の無言の気合いが、はね返り、キラッと稲妻《いなずま》のように長刀が走って、ううっ——と、亀は砂を嚙むように、路上につんのめった。

鮎太郎の峰打ちが、鮮やかに、亀の右肩へ決まったのである。

「うぬっ！」

つぎの瞬間、右脇から、市之助が、捨て身で真一文字に突きかかってくる。

鮎太郎は、ヒラリと飛び退がった。市之助が、大刀を差し出したまま、つんのめって地面へ転がる。

もう、それからは乱闘だ、息杖が、六尺棒が、鮎太郎の頭上へ降りかかり、するどい太刀風が頬をかすめる。白刃を薙《な》いで、突っ走り、円陣から脱出しようとすると、その鮎太郎の動きにつれて、円陣も移動する。

円陣の外に、お艶、銀次、お雪、清吉の四人の姿があった。彼らは、鮎太郎の身を案じると、もう不安でたまらなくなってきて、急いで、あとを追ってきたのだった。追いついた時には、すでに、この乱闘がはじまっていた。

鮎太郎が、長刀を振るって、宿場の方へ駈け出すと、

「逃がすな！」

「相手は弱ってきたぞ、あせるな！」

役人が叫んで、捕手も雲助も宿場の方へ移動するから、だんだん弥次馬が増えてくる。その弥次馬の中で、お艶の顔も、お雪の顔も蒼白だった。ついに、たまりかねた銀次が、脇差を抜いて、乱闘の中へ走りこんだ。

「ようし！　魚を切るつもりで、斬ってみる」

清吉も、脇差の柄袋を取って、あとにつづくと、お艶が石コロを拾って、捕手や雲助の背中をめがけて投げつけはじめた。

「よう、べっぴん、がんばれっ、がんばってねえ！」

と、弥次馬が冷やかして、

「姐さん、手伝ってやるから、あとで、かわいがらせてくンな、あとでね」

「ばか、好きな男が危ねえから、石コロを投げて応援しているんじゃねえか。この姐さんは真ン中で長い刀を振り回している、男っぷりのいい、さむれえに惚《ほ》れているんだ……手伝って捕手を追い払うと……あんた、強いのね、たのもしいわ、とっても好きよ……てなこと言って、きゅうとしがみつき、ウフフンと鼻を鳴らすだけで、おめえなんかに、かわいがらせてくれるものか」

「そいじゃ、あのさむれえに投げつけろ、妬《や》けてたまンない」

弥次馬も、石コロをとって、バラバラバラッと投げつける。

石つぶてが、ツブテの頭に当たって、カツンとはねた。

「鮎旦那、助太刀しますぜ！」

銀次が、血相を変えて、やたらめったらに、脇差を振り回せば、

「ウーム、魚を三枚におろすように、人間は、うまく斬れねえものですねえ」

と、清吉が、鮎太郎と背中をピタリと合わせて声を震わせる。

だが、さすがの鮎太郎も疲労をおぼえ、焦躁《しょうそう》を感じはじめていた。銀次と清吉の助太刀も、石つぶての応援も、いたずらに混乱を招くだけで、あまり効果はなかった。しか

も、鮎太郎に殺意はなく、斬りかかってくるやつを、峰打ちで叩くだけだから、敵の戦力は容易に衰えない。

——なんとかして、脱出しなくては。

と、鮎太郎が走れば、捕手の陣も弥次馬も、一緒について移動するから、斬り開いて、逃げ出すこともできないのだ。

ビューッ、ビューッ、ビューンと、六尺棒や息杖が、たえず頭上に降りかかり、長脇差が、その合間合間に、パッパッと空気を裂いて、襲いかかってくるから、一瞬たりとも、油断はならず……鮎太郎の目は血走ってき、着物はズタズタに切り裂かれて、露《あら》わになった肌は、カスリ傷を受けて血がにじみ出してきた。

「死ねぇっ！」

マムシの源吉が、鮎太郎の前へ、だっと踏みこんで、長脇差を薙《な》いだ。

「おっ」

とっさに、鮎太郎は、さっと横っ飛びに飛んで、その切っ先をかわしたが、石コロにでもつまずいたのか、ヨロヨロとよろめいた。よろめく背中へ白刃が降りかかる。

「ああっ！」

お艶が息を呑み、お雪は両手で顔を覆って、しゃがみこんでしまった。

その時であった。

剣風うずまく乱闘の中へ、突然、黒い影が、ヒラリと舞いこんできたのである。と同時に、伝蔵が、右肩から、パッと血煙を噴き上げて、のけぞった。

黒い影と見えたのは、季節はずれの黒羽二重の着物をまとった、枯木のような長身痩躯《そうく》、幽鬼のごとき浪人者であった。そして、その浪人者の右手には、血塗られた大刀が握り締められており、彼の足元には、伝蔵が死骸となって、横たわっていたのである。

「あっ、怪《かい》さん」

浪人者を見、お艶が、おどろきの声を発した。

「おっ、怒《いかり》の旦那だ！」

銀次が、脇差を振りかぶったまま、声を弾ませる。

その浪人者は、お艶や銀次と同じ江戸無宿の仲間の怒怪四郎《かいしろう》という男であったから。

無宿怪四郎《かいしろう》

1

怒怪四郎は、江戸の無宿浪人であった。

伝蔵を、鮮やかな袈裟《けさ》斬りで、一刀の下に斬り殺したあと、かア、ペッと大地に痰《たん》を吐きつけた。

吐きつけられた、その痰には赤いものが糸をひいて混ざっていた。血痰である。

怪四郎は、胸を病《や》んでいた。この頃の言葉でいえば、労咳《ろうがい》（結核）である。それゆえ、顔面は、つねに蒼白で、デスマスクのようだ。バサバサに伸びた頭髪は、青白い額に、バラリとたれかかり、目のふちが黒ずんで、怪しい光を放っている。しかも、頬はげっそりとこけ落ちているのだ。おまけに、枯木のように痩せさらばえた長身を黒羽二重の着物で包んでいる。

まるで、白昼、墓石を押し上げて、この俗界にさまよい出した幽鬼の風情であった。通り魔のようだ。時刻もよし、やがてもう魔に逢うという、暮れ六ツ（午後六時）の刻限である。

問屋場の役人も、捕手も、雲助も、市之助も、鬼形一家の子分たちも、その亡霊のような怪四郎を見て、一瞬、息を呑んだ。鮎太郎に襲いかかるのを忘れはてて、しばし茫然《ぼうぜん》と、長身の怪四郎を見上げていた。

しかし、その時すでに、ツブテの弥七と、二人の雲助が、怪四郎の足元近くに、四肢を投げ出して、長々と横たわっていたのである。一人は、うつぶせに、二人は、仰向けに、いずれも、袈裟斬りの一太刀で命を絶たれていたのだ。

いつ斬ったのか、目にも留まらぬ早業をやってのけて、怪四郎は、大刀を右手にダラリと提げたまま、剣陣の真ン中に、ユラリとたたずんでいるのだった。

怪四郎の手にする血脂《ちあぶら》の浮いた白刃、その提げた切っ先から、ポトポトと鮮血がしたたり落ちて、乾いた地面を、どす黒く染めてゆき、なまぐさい血の臭いが、ぷウーンと路上に流れる。

「うふっふっふっ……殺気立った野郎が、わんさと群がっているじゃねえか……存分に斬らせてもらうぜ、すぱアと景気よく、斬らせてもらおうじゃねえか」

怪四郎は、捕手や雲助、市之助や源吉らを見回しながら、しわがれた低音で言った。

相手が誰であろうと、向かってくるやつを、必ず斬り殺す。相手をえらばず、無慈悲に斬って捨てるのが、怪四郎の剣だ。鞘走れば、いつの場合にも、血を見なくてはおさまらない魔剣であった。

怪四郎は、人を斬ることにだけ生甲斐《いきがい》を感じる非情な男なのだ。白刃が肉を嚙んで、ヒクヒクヒクと慄え、骨を断つ時、ずうーンと腕から肩に流れる感触を、快感として楽しむ、悪魔のような男だった。だからこそいま、白刃と息杖と六尺棒を前にして、怪四郎の瞳は、ギラギラと怪しい殺意に燃えて、

「おう、威勢よく、かかってきやがれ……すぱアと胸のすくように、地獄へ送りこんでくれるぜ、すぱアとな……白刃が恐ろしくちゃ、魚屋の前は歩けねえ、度胸を据えて、かかってきやがれっ！」

ほんの束の間、棒立ちになり、ポカンと口を開けて、怪四郎を見つめていた雲助の一人が、きゅうに憤怒《ふんぬ》で目を開くと、

「きょうでえの敵《かたき》っ！」

うしろから、怪四郎の頭上へ、びゅーッと息杖を打ち下ろした。

「えやァーっ！」

腹わたをえぐるような気合いが飛んで、振り向きざまに、怪四郎が白刃を薙《な》いだ。その一閃《いっせん》は、電光のように、キラリと雲助の首筋へ走って……。

刹那《せつな》！　その雲助の首は、パッと血煙をまき散らしながら、空《くう》を飛んだ。切口で、ヒュウーッと気管が鳴って、首のない不気味な胴体は、ドタンと藁人形《わらにんぎょう》のように路上へ倒れた。

弥次馬にも声はなかった。恐怖で目をつり上げているのだ。役人も、雲助も、捕手も、マムシの源吉も、スットビの亀も、そして市之助も、ただ無言で、コロコロコロッと、血の帯をひきながら地面を転がってゆく、雲助の首を見つめている。

鮎太郎ですら、怪四郎のすさまじい業に、目を奪われて、太刀をかまえたまま、彫像のように立っていた。

「引けぇっ！」

われに返った役人が、大声で叫んだ。もはやこれ以上、犠牲者を出してはならないと考えたからであろう。

鮎太郎の峰打ちでやられた手負いを助け起こし、死骸をそのままにして、雲助や捕手たちは、役人を先頭に、ゾロゾロと去っていった。源吉と亀は、ツブテの弥七の死体を抱えて歩き出すし、市之助は、同輩の伝蔵の死骸を路上に捨て置いたまま、肩を落として背中を見せた。

あとに残ったのは、鮎太郎、怪四郎、お艶、銀次、お雪、清吉の六人と四つの死骸だった。

「旅に出たおかげで、久しぶりに、景気よく斬らせてもらったぜ」

怪四郎は、しわがれた声で言って、パチッと鍔を鳴らした。去るものは、追いかけていって、斬ろうとしない。ただ、向かってくるやつだけを斬り殺すのが、怪四郎の主義であったからだ。

怪四郎とて、それほど非情で、残忍な男ではなかった。

2

ここは、池鯉鮒の宿場、梅屋という宿屋の二階――。

南に面した障子が開け放たれていて、そこから、星空が見えている。

暑さのせいか、星は赤い。中でも、ひときわ深紅《しんく》の目立って大きい星を中心に、十幾つの星が、竜を思わせる形に並んでいる。天の竜、つまり、さそり座と呼ばれる星の一群であった。

しかし、この部屋の中には、星を眺めて楽しもうという、風流気のある者は一人もいなかった。

星空を見渡せる、この八畳の座敷には、四人の男と、二人の女がいたのだが……いうまでもなく、鮎太郎、怪四郎、お艶、銀次、お雪、清吉の一行であった。

「池鯉鮒の宿場に泊まっちゃ、危ねえ。いくら田舎ッぺの問屋場の役人だって、このまま、手をこまぬいていることはあるめえ……きっと仕返しにやってきますぜ。次の岡崎の宿まで足を伸ばしましょうや、ねえ、怒の旦那？」

銀次は、怪四郎にこう進言し、鮎太郎の身を案じたのだが、

「問屋場の役人や雲助がくり出しゃ、いま一度、すぱァと斬ることができるじゃねえか……案ずることはねえ、おれにまかしておけ」

と、怪四郎は、この宿場に尻を据えてしまうし、岡崎の宿まで三里三十町（約十五キロ）の夜道は、女連れでは、容易なことではなかった。だから、一同も、怪四郎にならって、この宿場に泊まることにしたのである。

「怪さん、どうして旅に？」

おなじ江戸の無宿仲間だから、お艶が、なれなれしく訊《き》くと、

「おめえたちのあとを追って、フラフラとやってきたんだ。近頃の江戸は、さっぱり面白くねえからな」

怪四郎は、吐き出すように言う。

鮎太郎と怪四郎が、床の間を背にして、並んですわり、その前に、右から、銀次、お艶、お雪、清吉の順で座についているのである。それぞれ前には四角い膳が据えられて、やがて、女中が徳利を運んでくる。

盃を手にするのは、怪四郎と鮎太郎の二人だけ。銀次と清吉は、あまり好きなはうではないらしく、お艶も、鮎太郎が前にいるせいか、神妙に、お酌をするだけである。

怪四郎は、ゴボッ、ゴボッと咳《せ》きこんでは、その合間に、ゴクリと喉《のど》を鳴らす。咳きこんだあと、懐紙に、ペッと血痰を吐きつけて、

「口の中が、なまぐさくてたまらねえ」

と、やけ酒のように、グイグイと盃を空けるのだ。

「鮎さん、ぐいと空けなさいよ」

お艶が、徳利を突きつけるし、

「おひとつ、いかが？」

その脇から、お雪が、居酒屋の女将らしい慣れた手つきで、やんわりと攻めたてるの

で、鮎太郎も、いつになく、盃を重ねるのだった。

「もう、だめだ、とても呑めない、かんべんしてくれ」

そう言って、盃を伏せようとすると、お艶とお雪が、

「大丈夫よ、鮎さん、酔っぱらったら、あたしが介抱《かいほう》してあげるから」

「わたしの方が、酔っぱらいの介抱は慣れています、さ、いまひとつ、いかが？」

という調子で、競い合って、負けじと酌をするから、鮎太郎の目のふちは、ぽうーと赤く染まってくる。

「おいおい、おれの酌は、誰がしてくれるんだ？」

「へい、旦那、あっしが……」

銀次が、怪四郎の前へ、膝をすべらせると、

「野郎の酌じゃ、つまらねえ、ヘドが出そうだ」

「ヘドを吐かれちゃ、たまらねえ。あっしの顔へ、ぶっかけねえで下さいよ」

「おめえは、ぶっかけたくなるツラだ」

と、怪四郎の顔面は、呑めば呑むほど、青白く冴えてきて、瞳が、ギラッと、けわしい光を帯びてくるのだ。

「助太刀、かたじけない。おかげで助かりました」

いま一度、鮎太郎が、あらためて礼を述べると、

「礼を言うには及ばねえ。久しぶりに斬らせてもらったんだ。こちらから、ありがてえと、礼が言いたいくれえだ」

怪四郎は、しわがれ声で言って、ごくッと喉を鳴らし、

「鮎どの、おめえも、なかなかいい腕じゃねえか。あれだけの人数を向こうにまわして、峰打ちの芸を演ずるとは、てえしたもんだ」

「しかし、怒どのには敵わない」

「おだてるんじゃねえ……まず、おめえとおれとが立ち合えば、勝負は相打ちというところだろう……だが、おれは、腕の立つやつを斬ってみたくてならねえ、いずれ、おめえと立ち合うことになるだろうよ」

怪四郎は、振り向いて床の間の隅に立てかけられた、鮎太郎の大刀を見やりながら、

「糸巻太刀とは古風だ、おまけに、大業物……古備前と睨んだが、どうだ？」

人を斬るのが好きなだけあって、怪四郎の目利きは確かである。

「いかにも、古備前信房です」

「信房の太刀を持っているところをみると、おめえは、ただのネズミじゃねえ。素浪人じゃあるめえ？」

するどい眼差しで、怪四郎が問いかけるが、鮎太郎は、盃を置いて、にこっと笑っただけで答えない。

「怪さん、からむんじゃないよ」

と、お艶が、たまりかねて口をはさんだ。

「からむわけじゃねえ。おれは、鮎どのに訊きてえことがあるんだ」

怪四郎は、ギロリとお艶を睨みつけ、それから、鮎太郎に視線を移して、

「まさか、鮎どのは、辻斬りや強盗を働いたわけじゃあるめえ?」

「もちろん、わたしは、悪事を働いた覚えはない」

「悪事を働かねえのに、どうして問屋場の役人に追いかけられるんだ? あのものものしい捕物陣は、ただごとじゃねえ、どうしたわけだ?」

「そりゃ、怒の旦那……鮎旦那に代わって、あっしが答弁いたしやす」

と、銀次が口をはさんだ。

「小野市之助と、旦那に斬られた山西伝蔵って野郎が、役人をだまして、捕手をくり出させたので……」

「その市之助というやつは、何者だ?」

「勢州亀山藩の勤番者です」

「すると、亀山藩の市之助が、鮎どのの、命を狙っているわけだな？」

「いいえ、旦那……太刀を狙っていやがるんで」

「太刀だけじゃねえ、命も狙っているんだ。おれの目に狂いはねえ」

怪四郎は、銀次を決めつけておいて、鮎太郎に向かい、

「何故、亀山藩の者に命を狙われる？　いってえ、どうしたわけだ？」

「……」

しかし、鮎太郎は答えない。膳の上に、目を落として、無言。

「命を狙われるには、それ相応の理由があるはず……そのわけを聞かせてもらおうじゃねえか？」

と、怪四郎は、たたみこんで詰問する。

銀次とお艶、そしてお雪と清吉も、息を詰めて、じいーっと鮎太郎を見守っている。

が、鮎太郎は、うつむいたまま口を利こうとしない。

「おれたちが無宿者だから、信用できねえのか？」

「……」

「どうした、鮎どの？　言えねえのか？」

怪四郎の声は、胸をえぐるようにするどい。いや、いまはもう、怒声に近い。気が短い

男なのだ。盃を、鮎太郎の顔へ投げつけそうな険悪な気配だった。

それでも鮎太郎は、しばらく、石のようにうつむいて、口を利かなかったが、ややあってから、思いきったように、はっきりと言った。

「勢州亀山藩の当主、松平下野守正忠は、わたしの父だ」

「ええっ、松平下野守っ！」

銀次が、まっ先に、すっ頓狂な声をあげて、

「まあ、すると、鮎さんは、六万石のお大名の若殿様……！」

お艶も、目を見張って、息を呑んだ。お雪と清吉は、おどろきのあまり、口が利けないらしい。

おどろかないのは、怪四郎だけだ。相手が大名であろうと、また、たとえ将軍であろうと、決して、その権力にへつらおうとしない男だ。だから、少しも狼狽《ろうばい》の様子を見せず、ゆっくりと膳の上に盃を置いて、

「しかし、六万石の大名の若殿が、供を連れずに、東海道をブラブラ歩きは、おかしいじゃねえか？」

「話そう、聞いてくれるか」

鮎太郎は、怪四郎を見やって、静かに言葉をついだ。

若殿誕生

1

鮎太郎の母、お志野《しの》は、亀山藩の江戸上屋敷へ腰元《こしもと》として、奉公にあがった。腰元を務めているうちに、殿の松平下野守の目に留まり、寵愛《ちょうあい》を受けて、やがて、身籠《ご》もった。

世継ぎのなかった下野守は、ひどく喜んだ。しかし、奥方のお由美《ゆみ》の方《かた》は、下野守より年上で、嫉妬《しっと》深い女であった。病的にやきもちやきだった。かつて、殿の子種を身籠もった腰元の腹を、懐剣で刺して、親子もろとも殺害したことがあったという。

それゆえ、殿の下野守は、奥方のやきもちを案じ、お志野に暇をとらせて、郷里へ帰らせた。

郷里の庄野《しょうの》に帰ったお志野は、無事に男の子を産んだ。

お志野は、男の子が生まれたことを、さっそく、江戸表の下野守に知らせた。殿は、鈴鹿川の鮎にちなんで、鮎太郎と名をつけるがよい、元服《げんぷく》した暁《あかつき》には、かならず、親子の対面をいたそう……と、ひそかに使者をよこして、古備前信房の太刀を、お志野に贈った。

それが、いまから、二十二年前のことだ。

「だから、わたしは、二十三歳ということになる……」

と、鮎太郎は言葉をつづけて、

「わたしは、自分の出生の秘密を知らなかった。父が、誰であるかを。……いや、あえて知ろうとしなかった。とにかく、母と二人きりで、幸せに暮らしてきた。もちろん、武士の子として育てられ、ひととおりの教育も受けてきた……」

「それじゃ、どうして、己の出生の秘密を知った？　父親が下野守であると知ったのは、いつだ？」

怪四郎が、おだやかに訊《き》いた。銀次、お艶、お雪、清吉の四人は、じぃーっと耳を傾けている。

「母は、三ヶ月ほど前に亡くなった。その臨終のおり、わたしに、はじめて父の名を打ち明け、信房の太刀を渡して、江戸表に下野守を訪ねてゆき、親子の対面をするがよい……

と言って、息を引きとった」

「なるほど、それで、古風な太刀を持って、江戸へゆくわけか」

怪四郎は合点し、思い出したように盃を取り上げる。

「うーむ」

銀次は、うなった。何と言っていいものやら、とっさに言葉が出ないものらしい。

「すると、鮎さんは、お大名のご落胤《らくいん》というわけですね」

意外といった表情で、お艶が言うと、

「ま、そういうことになる」

と、怪四郎が受けて、それから鮎太郎に視線を移し、

「鮎どのは、当然、世継ぎというわけだ。つまり、六万石の大名になるはずだが……亀山藩の中に、殿様の下野守と、鮎どのの対面を喜ばぬ者がいるにちがいねえ、頭がよくて腕の立つ鮎どのに、殿様になられると、困るやつがいるんだ」

「ちくしょう、それで、親子の対面がすまねえうちに、早いとこ、鮎旦那をバラそうとしやがったんだな」

今頃になって、ようやく、銀次は憤慨《ふんがい》するのだ。

「鮎どのを斬るか、それとも、その糸巻太刀を奪うか。太刀さえ奪ってしまえば、ご落胤

の証拠がなくなってしまうわけだからな。しかし、大名のお家騒動は、おれたちには、わからねえ。まったく複雑怪奇だ」

怪四郎は、盃を宙に留めて、低い声で言った。そして、ふと思いついたように訊いた。

「少しは、亀山藩の内情を知っているんだろうな」

「知っている」

鮎太郎は、ポツリと答える。

「いま、殿の下野守に子供はいるのか？」

「菊千代《きくちよ》という七歳の男の子がいる」

「やきもちやきの奥方の子じゃあるめえ？」

「お部屋さまの子供らしい」

「妾《めかけ》の子だな……すると、その菊千代を世継ぎにしようと、企んでいるやつがいるんだ。だから、当然、鮎どのが邪魔な存在になってくる。気をつけたほうがいいぜ。江戸屋敷へ乗りこんでから、毒を呑まされねえようにな」

「うん、気をつけよう」

「命を狙われても、やはり、大名になりてえか？」

「いやいや、わたしは、ただ父に逢いにいくだけだ」

と、鮎太郎の語尾がもつれた。

おや？　舌が回らないほど酔っぱらったのかしら……と、お艶が、鮎太郎の顔を見直した時、怪四郎が、コチンと盃を膳の上へ落とした。

「怪さん、どうしたの？」

お艶が訊《き》いた。その瞬間、怪四郎は、ううう……とうめきながら、横ざまに、ゴロリと畳の上へ転がった。同時に、鮎太郎も、がくっと顔を伏せた。

「鮎旦那、しっかりしておくんなせえ」

銀次が立って、鮎太郎の肩を両手で揺さぶると、鮎太郎は、目を閉じたまま、まるで死骸のように、グラリと銀次の胸元へ、もたれかかった。お艶も、あわてて、怪四郎を抱えおこす。お雪と清吉も、さっと顔色を変えて腰を浮かせた。

「いけねえ！　酒の中へ毒を入れやがったんだ！」

愕然《がくぜん》として、銀次が叫んだ。

「ええっ、毒が！」

お艶が、声を震わせて訊き返した。その時、ガラッと廊下に面した障子が開いて、

「神妙にせいっ！」

問屋場の役人が、数人の捕手を従えて、ドヤドヤと座敷の中へ踏みこんできたのだ。

「ちくしょう、はかりやがったな」

銀次が、悲痛に声をしぼる。

——問屋場の役人とて、いたずらに、手をこまぬいていたわけではなかった。鮎太郎と怪四郎を召し捕らなければ、面目が立たない。だが、いま一度捕手をくり出せば、犠牲者が出ることは必定《ひつじょう》で、やむをえず、非常手段をとったものだ。

つまり、この宿屋の女中を買収して酒の中へ、ある種の毒薬を混入し、鮎太郎と怪四郎の二人に呑ませたのである。そして謀略は、みごとに功を奏して、

「うフフフ、うまくいったの、いくら腕の立つ男でも、しびれ薬には勝てまい。その二人の不逞《ふてい》浪人を召し捕る。あとの者は、神妙にひかえておれい」

頭《かしら》らしい役人が、意識を失って、銀次とお艶に抱きかかえられている、怪四郎と鮎太郎をジロリと見下しながら、勝ちほこったように言った。銀次が、鮎太郎をそっと畳の上に横たえ、キラッと目を光らせて立ち上がった。

「やいやい、卑怯《ひきょう》じゃねえか、毒を呑ませるなんて、役人の使う手じゃねえぜ」

「神妙にいたさぬと、おまえも召し捕るぞ」

「なに言いやがる、べらぼうめ……召し捕られて、たまるかってンだ！」

そうわめいたかと思うと銀次は、さっと横っ飛びに飛んで、床の間の隅に立てかけられ

ていた糸巻太刀と、怪四郎の朱鞘の大刀を両手でつかんだ。

それからの銀次の動作は、すばやかった。二本の大刀を小脇に抱えなおした刹那には、ヒラリと身を躍らせて、二階の手摺りを越えていたのだ。

2

「鮎太郎と申す浪人者は、勢州亀山の城下町で、辻斬り強盗を働いた不逞の輩《やから》……拙者は、亀山より、はるばる鮎太郎のあとを追ってきたものだ。同輩の山西伝蔵どのが、命を落とされたいまとなっては、どうあっても、鮎太郎めを召し捕って連れ帰らねば、拙者の面目が立たぬ。武士の意地だ。さ、さっそく、引き渡して下されい」

「あっしたちは、江戸の鬼形一家の者だ。あの痩せこけた浪人者と、鮎太郎という野郎は、兄弟分の弥七の敵《かたき》だ。仇を討たねえと、あっしたちの男が立たねえ。さっそくだが、いますぐ、あっしたちの手に引き渡していただきてえ」

小野市之助、マムシの源吉、スットビの亀の三人は、深夜に問屋場役人の詰所へ押しかけて、もう一刻近くも、役人を相手に押問答をくり返しているのだった。

しかし、問屋場の役人にすれば、大罪人を捕らえたものと思いこんでいるから、きゅう

に鼻息が荒くなって、

「わしたちにも、問屋場の役人としての役目がある。二人をよく吟味《ぎんみ》した上で、また、あらためて相談をいたそうではないか」

「鮎太郎というやつは、よほど腕の立つ男……のんびりかまえていると、大事が起こるぞ」

たまりかねて、市之助がつめよると、役人は、落ち着き払ったもので、

「なあに、案ずることはない。痺れ薬で、頭まで痺れて、二人とも気を失っているわ」

「眠り薬か、痺れ薬かは知らねえが、薬が切れて、起き上がったら、いってえ、どういうことになるんでえ?」

スットビの亀が、おっとり長脇差で、役人の前へすすみ出る。

「心配することはない。たとえ薬が切れて気づいたところで、麻縄で、がんじがらめに縛ってあるから、起き上がることはできまい。この詰所の奥の部屋で、いも虫のように転がっているわ」

この役人の言葉のように、鮎太郎と怪四郎は、まるで、いも虫のように、詰所の奥の部屋に転がされていたのである。麻縄でキリキリと縛り上げられているので、身動きができない。部屋の中を転げ回ったところで、脱出は不可能だ。

「不覚だった……」

意識を取り戻すと、鮎太郎は、胸のうちで呟いた。

部屋の中は暗い。そばに横たわっている、怪四郎の姿が、ぼんやりと見えるだけだ。役人や市之助らの声が、遠くに聞こえる。

鮎太郎は頭が重かった。首筋のあたりが、ズキンズキンと痛む。ゆっくりと首をねじって、怪四郎を見た。

怪四郎はまだ、気を失っているらしく、彫像のように動かない。枯木のような痩躯を、長々と横たえて……。

それから一刻あまりもたったろうか、一番鶏の鳴く声が、かすかに聞こえてきた。その鶏の声がやむと、

「ひでえ目にあわせやがる」

怪四郎が、しわがれた声で言った。

「怒どの、気づかれたか？」

鮎太郎が声をかけると、

「うん」

と、怪四郎は、低くうなずいた。しかし、少しも体を動かそうとせずに、

「一服盛りやがるとは問屋場役人も、なかなか味をやる。だが、足首まで、がんじがらめに縛りつけられていては、ちと逃げ出すことはむつかしい。ところで、鮎どの、あの糸巻太刀はどうした？」

「さっぱり、覚えがない」

「太刀がなければ、親子の対面は叶わず、江戸へいけねえぜ」

怪四郎は、同情の口ぶりである。鮎太郎は、暗い天井を見上げて考えこむ。まだ、頭が重く、思考力がにぶったものか、よい思案が浮かばないのだ。いや、いくら考えたところで、脱出の方法はなさそうだ。

「ここは、どうやら問屋場役人の詰所らしいが……」

怪四郎も、じぃーっと、天井を見上げて考えこんでいたが、ふいに、ゴボッ、ゴボッ、ゴボッと肺臓を吐き出すように、背中を丸めて、激しく咳《せ》きこんだ。

「大丈夫か、怒どの？」

と、鮎太郎が、怪四郎の背中へ声をかけた時であった。

足元の襖《ふすま》が、音もなく、すウーと開いて、ほのかな明かりが部屋の中へ差しこんできた。とたんに、怪四郎の咳がピタリと止んで、

「銀の字か？」

「へい」

黒い手拭で、すっぽりと顔を包んだ銀次であった。

銀次は、廊下から、すべるように部屋の中へ入ると、

「旦那、ひでえ目にあいましたねえ」

おし殺した声で言い、すばやく脇差を抜いて、怪四郎と鮎太郎の縄を切りほどく。縄を解かれて、自由になった二人は、ユラリと立ち上がった。

「太刀は、どうした?」

怪四郎が、銀次に訊いた。

「へい、ここに……」

銀次は、抜け目のない男だ。二本の太刀を背負っていたのである。糸巻太刀を鮎太郎に、そして、はげちょろけの朱鞘を怪四郎に手渡すと、

「さ、早いとこ、ずらかりましょうや」

と、先に立って部屋を出る。怪四郎、鮎太郎の順で、つづいて廊下へ出ると、市之助や役人たちの声が、手に取るように聞こえてくる。

「ちょっ、いまいましい田舎役人だ……おい、銀の字、ひとつ、思いきり、暴れていこうじゃねえか」

大刀をズンと腰に落としながら、怪四郎が言った。

「とんでもねえ、旦那。また面倒なことになりやすぜ、さ、夜の明けねえうちに……」

銀次が振り向いて、怪四郎に言った。その時だった。今まで、手に取るように聞こえていた役人たちの声が、きゅうに、低くなって、

「賊が逃げたぞ、曲者《くせもの》が逃げたぞ！」

と、誰かが叫んだ。

「出会えっ！　賊を逃がすな！」

叫び声が飛んで、詰所の中は騒然となり、どどどっ……と廊下を踏む音が、鮎太郎の背中へ近づいてくる。振り向くと、役人、市之助、マムシの源吉、スットビの亀らが、抜刀しながら走り寄ってくるのだ。うす暗い廊下に彼らの顔が白く浮かんで見えた。そして、同時に、白刃の光芒《こうぼう》が鮎太郎の目に飛びこんできた。

「さ、早く……」

銀次は、先に立って、廊下から庭へ。……怪四郎と鮎太郎があとにつづく。外に出ると、東の空は、ほのぼのと明けそめていて、星が、淡い光を投げかけていた。

「旦那、今日のところは、おとなしく、ずらかりましょうや」

銀次は、しきりに怪四郎をうながしながら、せまい路地を走ってゆく、しんがりの鮎太

郎の背中へ、いく筋もの白刃の光芒が迫って、

「待てえっ！」

「やいやい、卑怯者っ、待たねえかっ！」

と、声が乱れ飛ぶ。

追っ手との間隔は十間（十八メートル）あまりだ。やがて銀次を先頭に、二人は路地を走り抜けて、街道へ出た。

すると、街道脇の松の木に、二頭の馬がつながれていて、

「さあ……」

と、銀次が、馬を指して、

「乗っかっておくんなせえ」

「かたじけない」

鮎太郎が、ヒラリと馬にまたがると、怪四郎の痩軀も躍って。……二人は、同時に馬の腹を蹴った。韋駄天《いだてん》の銀次があとにつづく。

「お艶たちはどうした？」

馬上から、怪四郎が訊くと、

「ひと足先に、江戸の方へ……」

宙を飛びながら、銀次が答える。

「鮎どのは、どうする?」

「江戸へゆく」

追手を尻目に、二頭の馬は蹄鉄《ていてつ》のけたたましい響きを、街道の松の梢にはね上げ、砂塵《さじん》をまいて、バラ色の空に向かって突っ走る。そのあとを、銀次が宙を飛ぶように……まっしぐらに、江戸へ——。

江戸の陰謀

1

江戸の町中《まちなか》も暑かった。この頃の江戸の風景を暦《こよみ》で見ると、
七日、七夕《たなばた》。

九日、十日、四万六千日。浅草観音《あさくさかんのん》でおこなう。雷よけ、唐もろこし、青はおずきなどを売る。

十二日、草市。

十三日、夕方までに寺詣。むかえ火をたく。切子灯籠《きりこどうろう》を立てる。

——と記されている。各戸では、縁台を持ち出して涼む。盛り場では、菓子売り、回り灯籠売り、花火売りが出る。また、麦湯の店が出て、麦湯と桜湯を売る。

これらが、つまり、当時の江戸の風物であった。

さて、鮎太郎が江戸に着いたのは、ちょうど、七夕の日であった。怪四郎、お艶、銀次、お雪、清吉の一行と、大川橋のたもとで別れると、さっそくその足で、平川町《ひらかわちょう》に勢州亀山藩の江戸上屋敷を訪ねた。

暮れ六ツの刻限の迫る頃、西の方の空が、夕焼けで、ほのかに赤く染まっていた。

鮎太郎が、上屋敷の門番に、殿の松平下野守にお目にかかりたい……と来意を告げると、

「えっ、殿に！」

門番は、おどろきの声をあげた。浪人姿の長身の鮎太郎を、うさんくさそうに見上げながら、

「鈴鹿の鮎太郎どのでござるか？　鮎太郎どのと申されるか？」

と、二度も念を押すように訊いた。

「いかにも、わたしが鮎太郎。殿の下野守に、鮎太郎が、はるばる伊勢より、古備前信房の太刀を持って逢いに参ったと、お告げ下さればわかります」

「しかし、殿に直接お取り次ぎすることはできませぬ」

「それなら、わたしが、直々殿にお目にかかって、お話しいたそう」

「ならぬ、無法だ！」

門番は、さっと顔色を失い、鮎太郎の前に立ちふさがって、

「狼藉者《ろうぜきもの》だ、出会え、出会えっ！」

と、大声でわめきたてる。鮎太郎は、門番をつきのけて、ツカツカと屋敷の中へ入っていき、庭を突っきって、大玄関に立ち、

「お頼み申します」

おだやかな声で案内を乞うた。

大玄関にも、表書院にも、家中の者の姿は見えず、ひっそりと静まり返っている。その静寂は門番の声で、長屋から走り出た軽輩たちの叫び声で破られた。

「曲者だ、斬ってしまえっ」

「出会えっ、怪しいやつが、屋敷の中へ入りこみましたぞ！」

足軽たちは、おっとり刀で、バラバラッと鮎太郎のうしろへ走り寄ってくる。しかし、背後に殺気を感じながらも、鮎太郎は、いつもの調子で、のんびりと立っていて、振り向こうとさえしなかった。

だが、その時、急に表書院が騒然となって、うわァーんとざわめきたち、若侍たちが、廊下伝いに玄関へ飛び出してきて、

「何者だ？」

「名乗れっ」

口々にわめき、鮎太郎を睨みすえて、ひしめきあう。大玄関いっぱいに、さっと緊迫した空気がみなぎった。足軽はうしろから、若侍たちは前から、殺気立った目をギラつかせて、いまにも抜き打ちに斬りかかろうという気配。それなのに鮎太郎は、落ち着きはらって、

「おっ、これはめずらしい」

そう言って、にこっと笑顔を見せた。

前に立ちはだかっている若侍たちのあいだに、狡猾そうな小野市之助の顔を見つけ出したからである。

――東海道は池鯉鮒の宿で、同輩の山西伝蔵を失った市之助は、あれからすぐに早馬を飛ばして、女連れの鮎太郎の一行を追い越し、一足先に、この屋敷へ帰りついていたのだった。

だが、いま眼前に、飄然《ひょうぜん》と現われた鮎太郎を目にして、市之助は棒立ちになったまま、さっと顔をこわばらせた。鮎太郎に声をかけられても、どう返答したらよいものやら、とっさに言葉が出ないらしく、口を楕円形に開けて、突っ立っているのだ。

「小野市之助どのと申されたな、覚えているぞ」

鮎太郎が、笑顔のままで、いま一度声をかけると、

「おのおの方、まずは、おひかえなされ」

と、市之助は家中の者たちを、上ずった声で押さえて、

「しばらく、お待ち下されい」

鮎太郎に用件を聞こうともせず、そう言い捨てて、さっと廊下をすべるように、奥へ走りこむ。薄暗い、長い廊下を曲がりくねって、市之助が、あわてふためいて、入っていった部屋は——家老詰の座敷であった。

屏風《びょうぶ》、見台《けんだい》、伏籠《ふせご》など調度にも贅《ぜい》が尽くされている豪勢な座敷である。

ここに江戸詰家老の岩淵兵部《いわぶちひょうぶ》と、御側用人の鮫島又内《さめじまさない》が、ひっそりと対座していた。

兵部は、四十がらみの、でっぷりとした精力的な男。いっぽう又内のほうは、三十四、五歳に見える、肩の広い、精悍《せいかん》な風貌をした男である。

「大事でございます！」

血相を変えた市之助が、この二人の脇へ、ベタリとすわると、

「うろたえるな。何事だ？」

と、問いかけたのは、家老の兵部、するどい眼差しで、ジロリと市之助を睨みすえた。

御側用人の又内も、太い首をねじって、市之助に視線を移す。

「ただいま、鮎太郎がやってきました」

と、市之助の語尾が慄えた。

「何っ、鮎太郎が、この屋敷へ訪ねてきたと申すか？」

兵部は、ギラッと目を光らせて反問する。

「はっ、大玄関に待たせてあります」

「うーむ。とうとう、やってきおったか」

そう言って兵部は、ニヤリと不敵な笑いを浮かべて、策を立てようとするかのように、宙を見すえる。又内も、ずるそうな笑いで頬をゆがめて、

「追っ払うより、手段はありませんな」

「鮎太郎に世継ぎになられては、拙者たちの思うままにゆかぬことになる。すでに、この亀山藩の跡継は、菊千代と決まっている」

兵部は、声を低めて、言葉をつづける。

「六万石の家督を継ぐのが、菊千代と決まっておれば、鮎太郎は邪魔なやつ。邪魔者は斬らねばなるまい。さっさと、この世から消えてもらおうではないか」

「では、追い払ってから、さっそく斬ることにいたしましょう」

鮎太郎を斬殺するのが、当然のことのように、又内がズバリと言う。

2

ところで、菊千代というのは、お部屋さま、お蓮《れん》の方の子供で、七歳になる男の子である。奥方のお由美の方には、子供がないので、当然、この菊千代が世継ぎになるものと、家中の者たちは考えていたのだが――。

しかし、当主、松平下野守だけは、胸中ひそかに、鮎太郎に跡をとらせようと望んでいたのである。

なぜなら、お蓮の方は、家老岩淵兵部の妹であったからだ。お蓮の方が、兵部の妹であれば、菊千代は、兵部の甥《おい》になる。甥の菊千代が、家督を継げば、兵部の権力は絶大なものになるのは必定だった。下野守は、そのことを案じて、ひそかに、鮎太郎の母お志野と、その意を通じ、絶えず連絡を保って、鮎太郎が元服《げんぷく》し、上京してくる日を待っていたのである。

お由美の方も、いまはもう中年になり、その嫉妬心もほとんど失せて、もはや、鮎太郎に対して、いやがらせもすまい。お部屋さまのお蓮の方も認めているのだから……それゆえ、なおさら、下野守は、鮎太郎との対面の日が待たれてならないのだった。

家中の軽輩たちは、鮎太郎の存在を知らなかったけれど、重役たちの大部分は、鮎太郎を世継ぎにしようという、下野守の意中を知っていたのである。

そしてまた、お志野が死亡し、近々、鮎太郎が上京するであろうと推察していたのだ。だからこそ、家老の兵部と御側用人の又内は、鮎太郎の手にするご落胤の証拠、つまり、古備前信房の太刀を奪いとってしまおうと、市之助と伝蔵をさしむけたのであった。もっとも、この計画は失敗に終わったが。

つまり、わかりやすくいえば……下野守は、わが子鮎太郎と対面する日を一日千秋《いちじつせんしゅう》の思いで待っているにもかかわらず、兵部と又内の一味は、二人を逢わせまいとし、鮎太郎を亡きものにしようと謀《はか》っているのである。

「甥の菊千代が、当主になれば、この亀山藩六万石は、拙者たちの思いのままだ」

と、兵部は陰謀をめぐらし、

「ごもっとも、殿の亡きあとは、拙者たちの天下でござるて……」

と、又内は同調し、市之助ら腹心の輩下は、将来の出世を夢見て、この陰謀に荷担しているのだった。

――そしていま。

ついに、鮎太郎が、この上屋敷に飄然《ひょうぜん》と姿を現わした。

陰謀組の兵部、又内、市之助の三人は、家老詰の間で、額を突き合わせて、策を練っているのだ。

「殿に、鮎太郎のことを気づかれてはならぬ。ぬかりはあるまいな？」

兵部が、市之助に念を押すように言うと、

「うまい具合に、殿は相生町《あいおいちょう》の下屋敷の方へお出かけです」

「うむ。まさに天佑《てんゆう》であるな。ならば、すぐに、鮎太郎を追っ払い、あとをつけて斬れ。太刀でさえ、奪いとることができなかった相手だ。油断するな」

「なあに、拙者の一刀流には敵《かな》いますまいて」

又内は、こう言って自信ありげにニヤリと笑い、

「はっ」

市之助も声を揃えて、二人は座敷を出、長い廊下をとって返して、大玄関で、鮎太郎と向かい合った。

さて、鮎太郎は、玄関先で家中の軽輩たちに取り囲まれたまま、例の駘蕩《たいとう》たる表情で、のんびりと待っていたのである。

「拙者は、御側用人の鮫島又内と申す者だが……」

又内は、式台に立ちはだかって、鮎太郎を見下しながら、横柄に言った。

「わたしは、伊勢の庄野から、この古備前信房の太刀をもって、下野守を訪ねてきた者で、鮎太郎と申します」

鮎太郎が、あらためて来意を告げると、

「この市之助どのから、おぬしの名を聞き、さっそく殿に申し上げたところ、殿は、おぬしの名をご存知ないと言われる。早々に、立ち去られるがよかろう」

と、又内は押さえつけるように言う。

「下野守が、わたしの名をご存知ないとは、合点《がてん》がいきません」

「拙者が偽りを申しているというのか？」

又内の声には、刺々《とげとげ》しい怒気が含まれているが、鮎太郎は、いつもの柔和な表情のままで、

「下野守は、わたしの父です」

キッパリと言い放った。その鮎太郎の言葉に、一瞬、軽輩たちは息を呑み、まじまじと鮎太郎の顔を見つめたが、

「黙れ、黙れっ！　たわけたことを……おぬしは、当藩へ言いがかりをつける気か。立ち去れいっ！」

又内が顔面を真っ赤に染めて、どなりつけた。市之助は無言で、鮎太郎を見下している。

「言いがかりではありません。証拠はこの古備前の太刀……」

「黙れっ！　立ち去らぬと、斬って捨てる！」

「では、あらためて、父にお目にかかるとしよう。必ず出直してくるぞ」

鮎太郎は、こう言い捨てて、大玄関を出た。足軽や若侍たちは、事情が呑みこめないらしく、あっけにとられて、鮎太郎の広い背中を見送っていたが、又内は頬を歪《ゆが》めて、

「暑さのせいで、頭がいかれたものであろう。若いのに気の毒なことだ」

と、聞こえよがしに悪態をついた。

大川端の殺陣《たて》

1

せまっくるしい裏店《うらだな》住居や棟割長屋は、やりきれない。向かい合って住むカミサンたちは、居ながら話せるが、蚊やりをいぶすと、いつまでも目が開けられない。

おまけに風が通らないから、息がつまりそうに蒸し暑い。これでは一日働いてきた亭主も、ほっとしようがないから、疲れていても、ブラブラと出かけずにはいられない。

そこで、江戸っ子は、涼を求めて、どっと大川端へくり出す。

今宵《こよい》も、両国界隈には夜見世《よみせ》が出、大川端は夕涼みの人々で雑沓《ざっとう》をきわめていた。そして大川は、屋形船《やかたぶね》、猪牙船《ちょきぶね》などが、船端と船端をぶっつけあうほどに、混み合っているのだ。

チリチッツン、チリトンシャンと、絃歌《げんか》のさんざめき、女の嬌声《きょうせい》が水面を流れて……。

「やっぱり江戸だなァ、にぎやかなことだ」

田舎から、ぼぅーっと出の鮎太郎は、目を見はる思いで、大川端をフラリノラリと歩いていた。今夜、どこに泊まろうというアテもない、気の向くまま、足の向くままの風来坊だ。

しかし、浴衣がけの人々の間をぬって歩きながらも、鮎太郎の胸のうちは重く沈んでいるのだった。旅愁ではなかった。

「父、下野守のまわりには、陰謀がはり巡らされている」

そんな不愉快な思いが、脳裡《のうり》を離れないからであった。しかも、鮎太郎の危惧《きぐ》は、事実となって現われたのだ。

亀山藩の上屋敷を訪ねた時、又内に玄関先で追い返されてしまったが、鮎太郎は、少しも逆らおうとせず、素直に引き退がった。大玄関で騒ぎたてようとしなかったのは、また、父に会うよい機会があるにちがいない、いま一度、あらためて出直してこようと考えたからである。

けれど、鮎太郎は悲哀を感じた。父と自分を会わせまいとする悪人を憎むよりも、むしろ、哀しかった。

まだ見ぬ父を思って、ふと星空を仰いだ。その時、

「鮎さん。鮎さァーん」

うしろから、ふいに、なまめいた声をかけられた。振り向くと、お艶が、にこっと笑いかけてきた。

今宵のお艶は鳥追い姿ではなく、洗い髪の浴衣姿。だから、ひときわあだっぽい。白い顔は、大輪の花が匂うようであった。

「いかがでした、首尾は？」

お艶が、鮎太郎を見上げて、肩を並べてくる。

「邪魔が入ったらしい。こんどは、市之助のほかに、御側用人の鮫島又内という男が飛び出してきた」

しかし、鮎太郎は、あかるい声だ。

「鮎さんは、六万石のお大名じゃありませんか。しっかりなさらないと、お家を悪人たちに横領されてしまいますよ」

肩を寄せてきて、お艶は姉女房の口調で言う。

「これで、しっかりしているつもりなのだが……」

「さあ、どうかしら？　……でも、これから、どうなさるつもりですか？」

「まるで、アテがないのだ」

「たよりないお殿様。そいじゃ、あたしンちへいらっしゃらない？」

お艶の言葉つきは、だんだんなれなれしくなってきて、時々、トンと肩をぶっつけてくる。

「無宿のお艶どのに住居があるのか？」

「住居というほどのものじゃありませんが、塒《ねぐら》を見つけました」

「その塒に、蒲団が二組あればよいが」

「いいえ、あたしは畳の上で寝ますから」

お艶は、ツンとすましこんで、

「ほんとのこと言うと、その塒は、わたしだけの住居じゃありません」

「仲間がいるのだな？」

「ええ、怪さんに銀の字、そのほかにスッポンの辰《たつ》に、ハッタリ安《やす》という気のおけない連中が、一緒に住んでいるのです」

「怒どのの仲間か……それでは、わたしも加えてもらおうか？」

鮎太郎は、こう言った瞬間、さっと一歩飛び退がった。

「あっ」

と、お艶も悲鳴をあげる。

ブラブラ歩きの夕涼みの人々も、ピタッと足を止めて立ちすくんだ。

しゅうーッと、うなりを生じて飛来した手裏剣《しゅりけん》が、鮎太郎の胸をかすめたのである。

と同時に、六、七人の覆面の武家が、バラバラバラッと走り寄ってきて、鮎太郎とお艶をとり囲んだ。

「出たな……」

鮎太郎は、予期したように、落ち着き払って、覆面たちを見まわしながら、

「お艶どの、ケガをしてはつまらぬ。離れていてくれ」

糸巻太刀の鯉口《こいぐち》をプツリと切って、低い声で言った。

2

今宵は、七夕《たなばた》祭り……地上から、ぱあッと砂金を投げつけたように、天の川が鮮やかであった。その降るような星空の下を、

「喧嘩だ、喧嘩だァ、喧嘩だよォ!」

弥次馬の一人が、大声をあげて、突っ走ると、われもわれもと、浴衣の尻をはしおっ

て、あとにつづいて走り出す。

夕涼みで人通りが多いところへもってきて、江戸っ子は、弥次馬根性の盛んな人種だ。ドングリ眼《まなこ》で、現場にかけつけ、人の輪は、みるみるうちに大きく広がっていく。

「おい、見えねえぞォ。前の方の野郎は、しゃがんでくれ」

「なンぬかしやがる。しゃがみこんだら、喧嘩の気分が出やしねえ」

「おまえ、気分を出しているのか？」

「あたりめえだ。人間は気分の動物というからな」

「へーえ、感情の動物とはいうが、気分の動物というのは、聞いたことがねえ」

「やいやい、おれの股ぐらをくぐって、前へ飛び出したやつは、誰だい？」

「あっしですがね……おめえさんのふんどし、きれえじゃねえな」

弥次馬は、ワイワイのガヤガヤ。

「この暑いのに、覆面で顔を包んでいやがるぜ。真ン中の男っぷりのいいさむれえに、女房でも寝取られたのかな」

「きっと、そうだろうよ。仲間をかき集めて仇討にやってきたんだが、カカアを寝取られちゃ、恥ずかしくって、ツラが出せねえんだ」

「そう聞けば、おれも、何だか心配になってきた。おれンちのカカア、大丈夫かな？」

「心配することはねえ。おめえのカミサンじゃ、たのまれたって、手を出すやつはいねえだろうよ」

「だけど、ツラはまずいが、おれンちのカカアは、あれでも見かけによらず、なかなかの肉体美で、おまけに情がふけえ……このあいだも、おれが屋根から転がり落ちて、腰をくじいたら、三日三晩つきっきりで、おれの腰を、なぜたり、さすったり……」

「カカアの、のろけを言ってる場合じゃねえ……やっ、真ン中の男っぷりのいいさむれえが、とうとう抜いたぜ」

ついに、鮎太郎は、古備前信房の太刀、二尺八寸の長刀を、スラリと抜き放って、正眼にかまえた。

キラキラキラッと白刃が星空に映《は》えて……その白刃をかまえる覆面の武家は七人。覆面の間から覗いている十四の瞳は、殺気を帯びて、脂《あぶら》の浮いたように、ギラついている。

「覆面を取って、顔を見せたらどうだ？　鮫島又内と小野市之助、そして輩下の者であろう」

鮎太郎は、ピタリと正眼にかまえたまま、めずらしく怒気を含んだ声で言った。

たしかに、鮎太郎の言うように、又内と市之助、その腹心の輩下の一団であった。

家老岩淵兵部の命令で、鮎太郎のあとをつけ、スキを見て、手裏剣を投げつけたのだが果たさず、ついに、白刃の円陣を敷いたのだった。

お艶は、弥次馬の中から、鮎太郎の顔を、じいーっと見守っている。

さすがに、今宵は、腕の冴えたものばかりを、選りすぐってきたものとみえて、七人が無言の気合いを揃えて、ジリジリジリッと爪先立《つまさきだ》ちに、間合をつめてくる。誰しも、いたずらに斬って出ようとせず、必殺の気合いで迫ってくるのだ。

「いい腕だ……しかし、斬れるかな？」

鮎太郎は、いつにない真剣な表情で、うめくように言った。その鮎太郎の真剣な顔を見て、弥次馬の中にいるお艶も、はっと息を呑んだ。

「あぶないっ！」

お艶は、胸のうちで叫んだ。

七人の覆面も無言、そして、弥次馬にも声はなかった。

「ええいーっ！」

一人の覆面が、鮎太郎の喉を狙って、諸手突き。白刃は電光のように、鮎太郎に襲いかかった。

「うぬっ！」

鮎太郎は、その白刃をはね上げ、二筋の白刃がからみあい、ジーンと鳴って、パッと火

花が空間を彩《いろど》ったが、

「うっうう……」

覆面はカラリと刀を落として、右肩から路上へ転がった。

鮎太郎の峰打ちが、鮮やかに、覆面の右肩に決まっていたのである。しかし、次の刹那……鮎太郎は、崩れた円陣の一角を狙って、ヒラリと身を躍らせた。長刀を薙《な》いで、走り抜けていた。

「卑怯者っ、逃げるかっ！」

「待てえ、待てえっ！」

又内と市之助が、抜身をひっ提げて、鮎太郎を追って駈け出すと、覆面たちも一団となって、あとにつづく。そのうしろには弥次馬が、ところてんを押し出すように、大通りを突っ走る。

お艶も、弥次馬にもまれながら、裾の乱れをかまわずに走った。

鮎太郎も走った。白刃を鞘におさめながら走った。江戸の地理を知らなかったが、足を止めずに走りつづけた。

亀山藩の者を斬るのがいやさに、逃げることに決めたのだった。

またたく間に、諏訪町《すわちょう》、駒形町を通りすぎる。だが、又内、市之助を先頭とする追手の一団は、執拗《しつよう》に追いすがってくる。

大川橋を右に見ながら、花川戸《はなかわど》へさしかかる。花川戸へ入ってから、鮎太郎は、右手の路地へ走りこんだ。せまい路地を四、五間走って、振り向くと、追手の姿が見えない。足音だけが迫ってくるのだ。

ほんの束の間、鮎太郎は、右手の黒板塀を見上げて、ためらったが……追手の足音が路地の入口へ近づいてくると、ヒラリと、その黒板塀を乗り越えた。そして、塀の中へトンと降り立った時、

「誰っ？」

女の声で、とがめられたのである。

心中屋敷

1

――聖天宮《しょうてんぐう》の裏手に荒れ果てた屋敷があった。敷地は三百坪ぐらいで、もとは旗本屋敷だった。

海保左内《かいほさない》という旗本の殿様が住んでいたのだが、この左内の妻お菊《きく》が、夫の目を盗んで、用人と不義を結んだ。やがて密通の発覚を恐れて、お菊と用人の二人は、首をくくった。そのあと、夫の左内も、腹を切って果てたという。

それが、ちょうど二年前のことだ。

以来、心中屋敷、または、お菊屋敷とも呼ばれて、誰も、この不吉な屋敷へ近づこうとしなかった。

近くに人家はなく、聖天宮の松の梢が見えるだけの淋しいところである。そして、夜がふけると、首くくりの松の木のあたりから、女のむせび泣く声が、シクシクと聞こえてくると、噂をされている。だから、屋敷の中は、荒れるにまかせてある。庭には、ぼうぼうと夏草が生え茂っている。土塀は崩れ落ち、門は傾き、屋根瓦の間から、雑草が伸びている。

ところが、この荒れ果てた屋敷の中に、ポッンと灯がともっていた。

無宿者たちが住みついていたのである。店賃《たなちん》はいらず、おまけに、広々としているから、裏店住居より、はるかに涼しく、しのぎよい。無宿者たちにとっては、絶好の住居というべきであろう。

さて、ここに住んでいる無宿者は、怒怪四郎を頭《かしら》に、お艶、銀次、スッポンの辰、ハッタリ安という連中であった。彼らの商売を分類すると、怪四郎は人斬り稼業、お艶と銀次は巾着切り、スッポンの辰とハッタリ安は、かっぱらいで、いずれも、世間の裏街道を歩く、日陰者ばかりだ。

日陰者であればこそ、この心中屋敷は、好適の隠れ家というべきだろう。

無宿者たちにとっては、誰が首をくくろうと知ったことではない。ここにいるかぎりは、天下ごめん、大っぴらに暮らせるわけで、今宵も、車座になって、酒を酌みかわしているのである。

淡い行灯の灯に照らし出された怪四郎の顔は蒼白い。その脇に、ペタリとお艶がすわっている。

銀次、スッポンの辰、ハッタリ安の顔は、まるでユデダコのようだ。

怪四郎は、ゴボッ、ゴボッ、ゴボッと咳きこんでは、血痰を吐き、その合間に、ゴクリと茶碗酒をあおる。

「大丈夫？　怪さん……そんなに呑んで？」

お艶が、案じて言うと、

「血を吐くと、口の中がなまぐさくてやりきれねえ。酒は口直しだ」

しわがれた低音で、怪四郎は答える。

「旦那、血を吐くってえのは、体が、いかれている証拠ですぜ。気をつけておくんなさい」

銀次も、怪四郎の血の気のない顔を見つめて、心配そうだ。

「なに言いやがる。生きているから、血が出るんだ。生きているやつを斬ると、ぱッと、血煙を噴き上げるじゃねえか」

人を斬る刹那にだけ、生甲斐《いきがい》を覚える非情な怪四郎である。それゆえ、己の生命に対しても、執着を感じないものらしい。そして、あとの四人は、他人様《ひと》のものを、黙っていただくことに生甲斐を感ずる無法な輩であった。

「鮎太郎って若様は、そんなにいい男ですかい？　……お艶姐さんがよろめくとは、まったく、オドロキ、モモノキだ」

思い出したように、安が言った。

ついさっき、お艶が、この屋敷へ戻ってきて、それから、鮎太郎の噂が、酒の肴《さかな》にされているのである。

「おや、あたしが男に惚れちゃ、おかしいかい？」

と、お艶は喧嘩腰だ。

「おかしいってわけじゃねえが、しかし、よっぽど、熱々《あつあつ》なんだなァ」

こんどは、辰が口をはさんで、

「いっそのこと、この怒の旦那に惚れてみちゃどうです、お艶姐御？」

「そりゃ、あたしは、怪さんも好きさ。ねえ、怪さん？」

チラリと怪四郎に流し目をくれて、お艶が声をはずませると、

「おれは、メスはきれえだ」

怪四郎は吐き出すように言った。

「あたしがメスだって？」

「まさか、オスじゃあるめえ」

「だって、もう少し、なんとか言いようがあるじゃないの……オスとメスじゃ、あまりに色気がなさすぎる」

「色気なんて、おれは知らねえ……メスがオスを追っかける。オスがメスのあとをつけまわす、これを恋と、歯の浮くような言葉で表現するだけのことだ」

つまらなそうに怪四郎は言い、それから言葉をついで、

「ところで、鮎どのは行方知れずか？」

「花川戸の路地で見えなくなってしまいました。覆面のやつらも、血眼になって探しまわっていましたが、鮎さんは、どこへ消えてしまったのやら……」

そう言って、お艶は、破れ畳に目を落として考えこんだ。

「鮎旦那のことになると、姐御は、言葉つきまで、上品になるぜ」

横脇から、銀次がひやかし、

「そりゃ、相手が若様じゃ、お下劣な言葉も使えまい」

と、安もまぜっかえす。

「おまえたちは、黙ってるの」

お艶は、むくれて、銀次と安を決めつけた。
「覆面の正体はわかっているのか？」
怪四郎が、茶碗を膝の前に置きながら、お艶に訊《き》く。
「亀山藩のやつらです。鮎さんを斬って、六万石を横領しようというのでしょう」
「しかし、惜しいことをした。おれが、その場にいたら、鮎どのの助太刀で斬れたものを
……こんど、鮎どのと出会ったら二人で、藩の上屋敷へ斬りこんでみるとしよう。存分に
斬ることができるにちがいねえ」
怪四郎はそう言って宙を見据える。人を斬る刹那の快感を夢見るのか、日が殺気を帯び
て、ギラついてくる。

2

——あくる日。
昼頃、怪四郎が目を覚ますと、屋敷の中に、お艶の姿は見当たらなかった。おそらく、
鮎太郎を求めて、早くから飛び出したものであろう。
怪四郎も、朝酒を、キュウーと一杯ひっかけて、フラリと屋敷を出た。

「旦那、どちらへ?」

銀次が肩を並べて訊《き》いてくる。

「足に訊いてくれ」

そう言って、怪四郎はスタスタと歩いていく。

やがて、聖天町の通りへ出る。ギラギラと照りつける陽射しはきつい。暑さのせいか人通りは少なかった。

怪四郎は無言で、銀次と肩を並べて、まるで、通り魔の風情で、町中を歩いてゆくのである。

ただ漫然と、町中をうろつきまわるだけで、怪四郎は楽しいのだ。いや、ぶつかったやつに喧嘩を売ろうという魂胆《こんたん》であった。だが、枯木のような長身痩軀、幽鬼のような怪四郎の姿を見ると、誰だって、気味悪がって避《よ》けて通る。

「誰か、うまいぐあいに、ぶつかってくれねえものか」

怪四郎は、思わず、ひとりごちた。

「ぶつかってくる野郎はいませんぜ。犬なら棒に当たることもあるが、旦那じゃ、棒にも当たらねえ」

と、銀次。

「しかし、今日は斬れそうだ。血の臭いが鼻についてならねえ」

「あっしは、女の肌の匂いが鼻についてならねえんで……」

「夜鷹《よたか》を抱いてきたか？」

「へえ、昨夜、旦那がお寝《やす》みになってから、屋敷を抜け出して、両国《りょうごく》の柳原《やなぎわら》で遊んできやした」

そう言って、銀次はニヤニヤ笑っている。

「何か、面白いことがあったか？」

「夜鷹だって、真剣になる時があるんですねえ……夢中になって、きゅうーとしがみついてきて、あっしの肩に嚙《か》みつきやした。へっへへへ、今朝見ると、まだ、肩ンところに歯の跡がついていやがるんです」

「ほほう、メスに嚙まれたか」

「ちえっ、つまらねえ。旦那は、ほんとに色恋がわからねえんですかい？」

「色恋はわからねえが、この刀の気持ちはよくわかる」

と、怪四郎は柄頭を左手で押さえる。

花川戸をすぎると、左手に大川橋の欄干《らんかん》が見えてくる。橋の下を、ウロウロ船が、ゆっくりと漕《こ》ぎ上っていく。水面は、きつい陽射しに照り映えて、銀鱗《ぎんりん》を躍らせているようだ。

「さっと一雨こねえものか、暑くてやりきれねえ」

目を細くして、銀次が空を仰いだ時、

「やいやいやいっ、待てえ、待たねえか！」

ふいに背中へ声を浴びせられた。怪四郎は立ち止まって、振り向き、にっと歯を見せた。

「うめえぐあいに、ぶつかってきやしたぜ。たのみますよ、旦那」

そう言って、銀次は、さっと横っ飛びに飛んで、すばやく危険地帯を脱出する。

大川橋のたもとであった。

砂ぼこりを巻き上げて、怪四郎の前へ走り寄ってきたのは、二人のやくざ風の男と用心棒らしい浪人者だ。

「ほう、東海道の池鯉鮒の宿で、お目にかかった三ン下か」

鬼形一家の、マムシの源吉とスッポンの亀だ。二人のうしろで、用心棒が、いかつい顔を見せている。黒い絽の着物を着流した三十歳くらいの大柄な浪人者である。

「兄弟分、ツブテの弥七の敵、覚悟しやがれっ！」

まず、亀が大声でわめくと、

「泣く子もだまる鬼形一家だ……」

源吉も、つづいて声をはり上げる。

「笑っていた子が、泣くんじゃねえか？」

怪四郎の瞳は、きゅうに精気を帯びて、怪しい光を放ち出す。

斬れる！　と思うだけで、五体に活力が満ちてくるのだ。かア、ペッと地面へ血痰を吐きつけると、

「うふっ……」

と悪魔のように、頬をひきつらせて、低く笑った。

銀次は、怪四郎の背後の欄干にもたれて、観戦を決めこんでいる。

「三ン下じゃ、相手にならねえ。大根を斬るようでつまらねえ」

怪四郎が、こう言ってニタリと笑うと、

「黙れっ、おいらは大根じゃねえ。ぱっと血が出る生身の体。斬れるものなら、斬ってみやがれっ！」

亀が、長脇差の鯉口をプツリと切って、右足を一歩踏み出した。が、幽鬼のような怪四郎に気を呑まれてか、それ以上は踏みこめずに、肩を怒らせて強がるだけだ。

「大根は、すっこんでおれ」

怪四郎は、亀のうしろの浪人者に、するどい視線を走らせて、

「おぅ、そこに突っ立っている用心棒、相手になろうじゃねえか。斬らせてくれい、斬らせてもらおうじゃねえか」

「うーむ、それでは、相手になってつかわそう」

用心棒は、自信ありげに、大股に、ゆっくりと怪四郎の前へすすみ出る。二人の間隔は二間（三・六メートル）、この二間の空間が生死の境だ。

「名乗れっ」

用心棒が、横柄に言った。

「おめえの方から名乗るのが作法じゃねえか？」

怪四郎の声に、ズンと凄味《すごみ》がこもる。

「拙者は、直心影流《じきしんかげりゅう》の関三太夫《せきさんだゆう》。冥土《めいど》のみやげに、覚えておけい」

「おれは、怒怪四郎だ」

「えっ？」

関三太夫は喉を締められたような、妙な声を出した。ぎょっとしたのであろう、目のふちが、ピクピクと慄えたかと思うと、みるみるうちに血の気が失せて、顔面は土色になった。

怪四郎の名は、邪法悪剣の殺し屋と……江戸中に聞こえていたのである。いまだかつて、怪四郎と互角に剣をまじえたものはなく、魔の剣士と恐れられていたのだ。

「先生、しっかりやっておくんなせえ、がんばってねえ」

亀は声援するが、三太夫は、束の間、息を止めて棒立ちになった。

「用心棒だからといって、棒のように硬くなることはあるめえ。うふッ、おれの名を聞いて、慄えがきたか……しかし、おめえは鬼形一家の用心棒風情、捨てたところで、惜しい命じゃねえ。いさぎよく諦めて、かかってきやがれ。腰の刀は、ダテじゃあるめえ……抜けえっ！」

怪四郎の叱咤《しった》で、三太夫は、ついにキラリと大刀をひっこ抜いた。そして正眼にかまえたが、切っ先が、ブルブルッと慄えている。

三太夫は、退くにも退けなかった。うしろには、亀と源吉が控えているのだ。ここで怪四郎に背中を見せたとあっては、用心棒の面目が立たないし、直心影流が泣く。しかし、勝てる相手ではない。負けるとわかっていながら、斬って出るより手段はないのだ。

三太夫の額に汗がにじみ出し、目が血走ってくる。

「おかわいそうに、おめえのツラに、死相が出たぜ」

と、怪四郎に嘲笑されても三太夫は、言葉を返すことができなかった。何か言い返そうと唇を慄わせたが、舌がもつれて、言葉にならない。
もはや勝敗は明らかであった。しかもその上、怪四郎は抜刀せず、ユラリと立ってい
る。スキだらけではあるが、妖気ともいうべき妖しい殺気が、痩軀から発散しているの
だ。
三太夫は、怪四郎のかもし出す妖気に吸いこまれるように、生死の境の二間の空間へ、
つゥーと足をすべらせた。死の世界へ足を踏みこんだのである。
すでに、三太夫は戦意を失っていたのだ。が、怪四郎には怖じ気づいた男を平然と斬り
すてる残忍さがあった。人の命を絶つことに、良心の呵責《かしやく》を感じない非情な男なのだ。
まるで、あやつり人形のように意思のないまま、三太夫は、切っ先をジリジリと上げて
ゆき、
「うおーッ」
けだもののような叫びを発して、怪四郎の首筋へ刀を打ち込んでいった。
同時に、怪四郎の大刀が鞘走《さやばし》る。
ぷうーンと橋上に血の臭いが流れて、源吉も、亀も、ただ茫然と立ちすくむばかりだっ
た。

殺人稼業

1

ここ——駒形町の鬼形屋敷。

築山《つきやま》あり、泉水あり、石灯籠あり、石塔があって、せまいながらも形だけは整った庭園である。池泉廻遊式の造りとでもいうのであろうか。

この庭が見渡せる数寄《すき》をこらした座敷に、親分鬼形主膳が、デンとあぐらをかいて、うしろから、子分に団扇《うちわ》で、パタパタ煽《あお》がせていた。

庭の石灯籠の影は、だいぶ長くなっているが、それでもまだ暑さは厳しい。すわっているだけで、ねっとりと肌が汗ばんでくるのだ。

主膳のはだけた胸板にも、汗の粒が浮かんでいた。四十歳くらいのたくましい男だ。眉が濃く、目がギョロリと光って唇が厚い。武家崩れのやくざというが、やくざというよりは、野性的な野武士のごとき風貌の持ち主である。脂《あぶら》ぎった額がテラテラと光り、総髪が似合う。

この主膳が、鬼より恐いと江戸中の人々から恐れられている、鬼形一家の主領で、直心影流の達人と自称しているのである。そして、擁する子分は、百人にちかい。

やくざなら当然博奕を打つのが本職なのだが、鬼形一家は、人斬り稼業で暮らしを立てているのだ。いまでいう暴力団である。脅し、たかり、ゆすり、悪事なら、およそ何でもやってのける町のダニだ。

暴力団の主領、主膳は、子分のマムシの源吉と、スットビの亀を前にして、渋い表情だった。

亀と源吉は、膝をそろえて、ショボンとし、チラチラと額で親分の顔を見上げている。

「怒怪四郎に、三太夫が斬られたと？」

と、主膳。

「へい。大川橋のたもとで、スパリとやられやした。関先生は怪四郎の首筋へ、さっと、斜めから斬りこんでいったのですが、その瞬間、先生の首は、血煙をまきちらして、宙へ舞い上がりましたんで」

「首が、あれほどすっ飛ぶものだとは……まったく、おどろきやした。三間あまりも流星のように鮮血の尾を引いてすっ飛び、コロコロコロと地面に転げながら、先生の首は、無念……と言いやした」

と、亀と源吉は言葉をついで説明する。

「おまえたちは、三太夫が斬られるのを、手をこまぬいて見物していたのか？」

主膳は、ゲジゲジのような眉をピクッと慄わせた。

「何とも、申し訳ありません。しかし、先生がやられちゃ、あっしたちでは、とても歯が立ちません」

と、亀は神妙な表情だ。

「すると、ツブテの弥七も、東海道で、怒に斬られたわけだな？」

「へい」

「このまま捨てておけば、鬼形一家の名がすたる。どうあろうと、怪四郎のやつを斬らざなるまい」

主膳は、決意の色を見せて、腕をこまぬき、

「しかも怪四郎は、殺し屋と自称している商売敵。この機会に、やつの姿を消してくれよう」

怪四郎も、この鬼形一家と同業の殺し屋である。頼まれれば、かならず斬って捨てる

が、しかし、怪四郎の場合は、正攻法で相手に喧嘩を売り、抜刀させてから斬る。ところが、この鬼形一家の場合は、主として暗殺である。つまり、手段をえらばず、殺人をやってのける。卑劣な方法で依頼を受けた相手を殺害する。時には、飛道具を使用することさえあるのだ。

「親分、短銃でズドンとやりやすか？」

と、亀が質問すると、

「いや、剣でやる。怪四郎は魔剣の持ち主と恐れられているが、おれの直心影流には敵うまい。久方ぶりに立ち合ってみよう」

主膳は、自信ありげにギロッと目を光らせて、

「ところで、怪四郎の住居は、どこだ？」

「それが、親分……怪四郎のやつは無宿で、どこに塒《ねぐら》があるのやら、さっぱり見当がつきやせん」

残念そうに亀がこう言った時、廊下から、三ン下らしいやつが、

「親分」

と、呼びかけた。

「客人がお見えになりやした」

「どんな男だ？」

主膳が訊き返すと、三ン下が、せきこんで言う。

「お武家さんで……」

「浪人者か、また用心棒に雇ってくれと申すのであろう」

「いいえ、親分、どこかの藩中の者らしい、なかなか立派なさむれえです」

「なに、勤番者？　……通せ」

2

三ン下に案内されて、この座敷へ入ってきたのは、勢州亀山藩の御側用人、鮫島又内であった。

又内は、軽く頭を下げ、大刀を膝の左側に引きつけ、床柱を背にしてすわると、庭を見やりながら、

「ほう、なかなか、けっこうな庭ですな」

「せまい庭です」

主膳はそう言って、又内にするどい一瞥《いちべつ》を投げた。この初対面の客の品定めをし、その

真意を見抜こうとするかのように……。

「内密の話ゆえ、お人払いを願いたい」

末席にすわっている、亀と源吉が、この客の横柄な言葉に、ちょいとむくれ気味で、顔を見合わせて、立ち上がろうとすると、主膳が押さえつけるように言った。

「いや、身内のものですから、ご遠慮なく」

さっきまで、親分の背中へ団扇で風を送っていた子分が、茶を運んでくる。又内は、膝の前に置かれた茶碗をとり、ゴクリと一口《ひとくち》呑んでから、

「拙者は、鮫島又内と申す者、藩名は訊かないでいただきたい」

「よろしい」

主膳が、うなずく。

「ちと邪魔になる男がいるので、その男を消していただきたい」

「武家ですな？」

「浪人者ですから、後腐れはありません」

「その浪人者の腕は？」

「かなりの腕です」

「腕が立つとなると、ちょいと値が張りますな」

と、主膳はなかなか勘定高い。又内の目に、一瞬、嘲笑《ちょうしょう》の色が浮かんだが、

「引き受けていただけるでしょうな？」

「いくら出される？」

「二十両」

又内が、ズバリと言った。だが、主膳は、引き受けるとも、引き受けないとも答えず、あいまいにうなずいただけで、

「ところで、浪人者の素姓は？」

「殿のご落胤《らくいん》と自称する、不逞《ふてい》な浪人で……」

そう言った時、主膳がニヤリと笑ったので、又内は、しまったという表情で、あわてて口をつぐんだ。

「大名の落胤なら、二十両は安い」

「いやいや、落胤と自称しているだけで、ほんとの落胤ではござらぬ」

「どうやら、お家騒動のようですな」

「いかがであろう、もう五両出して、二十五両では？」

又内は、みみっちい。たった、五両しか値上げをしない。

「お家の大事なら、もう少し出していただかなくては……何しろ、たとえ小藩といえど、

大名のご落胤を落とすとなると……しかも腕の立つ男ですからな」

「それでは、もう五両出して、三十両」

まるで、競売である。しかし、主膳も殺し屋稼業に慣れているから、容易にうなずかないのだ。大名のお家騒動と見抜いているから、

「旗本を消すのに、四十両はいただく。大名のご落胤となると、四十両でも引き受けかねます」

と、かけひきはうまい。いっぽう又内の方は、こういう仕事に慣れていないから、どうしても受太刀にならざるを得ない。

「ならば、四十五両……」

又内にしては、大幅に値上げしたつもりだが、

「……」

主膳は無言だ。たまりかねて、又内が、

「五十両っ」

と、斬りこむように言った。

「よろしい。引き受けましょう」

やっと主膳が承諾する。

「さて、この五十両の支払方法でござるが？」

「斬ってから、いただく。これが人斬り稼業の仁義です……ところで、その浪人者の人相と名前を聞かせてもらいましょう」

「鈴鹿の鮎太郎と名乗る、二十四、五歳の長身の男で、腰に古風な糸巻太刀を差しております」

商談が成立し、ほっとした口調で又内が言った時、

「はぁーて、鮎太郎？　どこかで聞いた名前だ……」

亀が、口をはさんだ。

「知っているのか、亀？」

と、主膳が問う。

「えぇーと、鮎太郎、鮎太郎……鮎、アユ、フナ、コイ、ナマズ、ウナギ……あっ、そうだ！」

亀が、ポンと膝を叩いて、

「海だ！」

「アユが海にいるものか、そそっかしいやつだ」

と、主膳が苦りきると、

「伊勢の海におりやした」

亀が、せきこんで言った。

「伊勢の海にアユがいたか?」

「いえね、親分……この亀が、伊勢の海で溺れかけたんです」

あわてて、源吉が口を添えた。

「そうです、そうなんですよ、親分……東海道は桑名から宮まで七里の渡し、その船の上で、あっしたちと、鮎太郎という野郎と喧嘩になり、あっしが、不覚にも、海ン中へ投げこまれやした。あっしは金槌《かなづち》だから、ブクブクブクのガブガブガブで……ちくしょう、あン時は、ほんまに、塩っぱかったなア」

亀が、塩っぱい顔で説明する。

「なるほど。面識があれば都合がよい……さて、鬼形どの、幾日の間に斬っていただけるでしょうな?」

「その鮎太郎という男の居所がわかっておれば、いますぐにでも斬って捨てる」

「ところが伊勢の国から出てきたばかりの田舎者、江戸に住居のない男でござる」

「ならば、探索に三日かかるとして、ここ五日のうちに、かならず娑婆《しゃば》から消してみせましょう」

主膳は、きっぱりと言い放った。

無法者の恋

1

「近頃、辻斬りが、流行《はや》っているというじゃありませんか」

「まったく物騒《ぶっそう》なことです。将軍様のお膝元で、辻斬りが出るなんて、世も末ですなア」

「試し斬りですかね？」

「いやいや、辻斬り強盗の方ですぜ。おとといの晩も、日本堤で、両替屋の板葉屋五郎兵衛《いたばやごろべえ》という旦那が斬られて、三十両入りの財布を抜かれたとか。見事な袈裟斬りでやられていたそうですよ」

「よほど、腕の立つものですね……しかし、こう浪人者が多くては、辻斬りの出るのも当然でしょうが、それにしても、物騒な話です」

「昨日の夜も、聖天町で御用達《ごようたし》の吉田屋《よしだや》の番頭が殺《や》られて、十両奪《と》られたと耳にしました……この番頭も、鮮やかな袈裟斬りの一太刀で絶命していたそうで、とにかく、一人歩きは、よした方がいいですね」

「だけどよ、辻斬りに狙われる野郎は、みんな金を持っているやつばかりじゃねえか。こちとらみたいな、その日暮らしの貧乏人は、辻斬りの方で、ごめんこうむらア」

「そうだとも。おいらなんぞ、金が懐《ふところ》の中にあると、そいつを使ってしまわねえと、どうしたわけか、落ち着かねえ。だからこうして、スッカラカンになるまで呑んでいるんだ」

「その上、ここの女将は、べっぴんときている。誰だって、財布をはたいて呑みたくならアね」

「まったくだア、まったくだ……」

職人風の男、貸本屋らしい男、背負い荷の小間物屋らしい男、仲間風の男たちが冷奴《ひややつこ》、もろきゅう、烏賊《いか》さし、板わさなどをつつき、一杯やりながらの世間話だ。

ここは、花川戸の居酒屋おかめ――お雪が経営している、こぢんまりとした店である。

店の中は、土間と畳敷きのところに分かれていて、職人や中間風の男たちは、土間で猪口《ちょこ》を傾けているのだが、奥の畳敷きは、障子が閉められていて、ひっそりとしている。右手は調理場で、ねじり鉢巻《はちまき》の清吉が、包丁を振るっているのが見える。そして、客のところへ、徳利や肴を運んでくるのは、二十歳くらいのお仲という女中で、今宵は、お雪の姿が見えない。

「おーい、女将はどうした、顔を拝ませてくれ……一杯ぐれえ、酌をしてくれたっていいじゃねえか」

職人風の男が声を張り上げる。たいていの客は、女将のお雪を目当てに、この店へ呑みにくるのである。お雪に、岡っ惚れの連中が、せっせと通い詰めているのだ。もっとも、清吉が腕を振るう肴《さかな》が好きでやってくる客もいるのだが。

「女将さんはいねえのか……留守かい？」

中間風の男が声をあげた。

「あたしの酌でかんべんして下さいな、ねえ、いいでしょう？」

女中のお仲が、徳利を持つと、

「おめえは、おかめだ。おかめの酌じゃ、おもしろくねえな、つまンない」

「でも、このお店は、おかめですもの」

「すると、おめえは看板娘か……なるほど、看板に偽りなしというわけか」

中間風の男が、そう言って、お仲に猪口を突きつけた時であった。

入口の縄暖簾《のれん》を、ぱっと頭で割って、マムシの源吉、スットビの亀を先頭に、四、五人の鬼形一家の子分らが、ドヤドヤと入ってきたのである。

お仲が、徳利を持ったまま、怯えた目をし、調理場の清吉が、ちッと舌を鳴らした。

亀や源吉は、土間に突っ立ったまま、長脇差の柄を押さえて、客たちをジロリジロリと睨み回す。

「姉さん、お勘定」

小間物屋らしい男が、いちばん先に言った。鬼形一家のならず者に、言いがかりでもつけられては、大変とばかりに……他の客たちも、さっさと勘定を済ませると、コソコソと店を出ていく。そして店の中は、鬼形一家に占領されてしまった。

2

鬼形主膳は、女将のお雪に恋慕し、妾にしようと、躍起になっているのだが、お雪は、容易にうなずかない。そればかりか、主膳に口説《くど》かれるのが嫌さに、旅にまで飛び出す始末。お雪が、旅に出ると、嫌がらせに、源吉や亀にあとをつけさせたのだが……。

そして、お雪は、ふたたび江戸へ戻ってきた。戻ってくれば、戻ってきたですぐさま、こうして源吉や亀が、嫌がらせにやってくるのである。無法者が出入りをし、客が怯えてこなくなると、居酒屋の経営は成り立たなくなる。それを、主膳は狙っているのだ。居酒屋がつぶれて、暮らしてゆけなくなれば、強情なお雪も、妾になることを承諾するであろうと。

さて、源吉や亀らは、客が出て行ってしまうと、腰掛けの樽《たる》へデンと尻を据える。樽の前には、一尺幅ぐらいの酒のしみこんだ長い台が置いてあるのだが、この台を、ドンとげんこで叩いて、

「やいやい、ジャンジャン酒を持ってきやがれ！　肴は鯛《たい》の刺身に、ウナギの蒲焼、テンプラだ！」

源吉が、障子がビリリッと慄《ふる》えるような声で、がなり立てた。

「とこ姉さん、酒持ってこい！」

亀も、大声でわめく。あとの子分たちは、ニヤニヤしながら、

「ちょいとでいいから、触わらせろよ。かたちはいいが、味はどんなものだろうな」

「図体《ずうたい》がでっけえから、大味じゃねえか」

と、お仲の腰のあたりをなぜまわしたり、

「ネズミのテンプラが食いてえ」

と、調理場の方を覗きこんだり、カア、ペッペッと土間へ痰を吐き散らしたり。

しばらくして、血の気の失せたお仲が、徳利を運んでくると、

「やいッ、こんな水っぽい酒が呑めるか！　水ン中へ酒を割りやがったな。なめやがると
ただではおかねえぞ！」

いきなり源吉が、徳利を土間へ叩きつけた。すると、亀も真似して、

「甘口とか、辛口とかは聞いたことがあるが、この酒は、渋口だ……とてもじゃねえが、
呑めねえぞ！」

徳利をつかんで、バチャン。

「おいっ、静かに呑め。ほかのお客が迷惑だ！」

調理場の中から、たまりかねて、清吉が怒鳴った。

「なンぬかしやがる、ほかの客ってのは、一匹もいねえじゃねえか。板前は、すっこんで
いやがれっ」

と、亀が怒鳴り返した時、土間の突き当たりの小座敷の障子が、すウーと開いて、

「うるさいねえ、静かにしておくれ……うちの旦那が寝られないじゃないか」

お雪が白い顔を見せて言った。洗い髪を無造作に束ねている。ぽうーと、頬のあたりが
上気し、湯上がりの肌が匂うようであった。

そんなお雪の濃艶《のうえん》さにあてられてか、源吉も亀も、あとの子分らも、束の間、ゴクリと喉を鳴らして無言――ややあってから、はっとわれに返って、源吉が言った。

「嘘を言うんじゃねえ。旦那なんか、いるものか」

「嘘じゃありません、あたしには、いい人がいるんだから」

お雪が、艶めいた声で言い返す。

「おめえの旦那は、おいらの親分と決まっているんだ。勝手に旦那をつくりやがると承知しねえから」

「誰を好きになろうと、あたしの自由じゃないか、自由を束縛しないでおくれ、人権を尊重しておくれ」

「ちょっ、どこかで聞いたことをぬかしやがる。しかし、その旦那って野郎とけ、いつからできていたんだ？」

「昨日の夜からさ」

「するてえと、できたてホヤホヤだな」

と、亀が口をはさんだ。源吉は、小座敷の敷居際に立っている、お雪の顔を睨み上げて、

「そいじゃ、おめえの旦那を、いまここで見せてもらおうじゃねえか、野郎の顔を、とっ

くりと拝ませていただこうじゃねえか?」

「そうだ、旦那を見せろ、ちょいと見せてくんねえ……なあ、みんな」

亀が、子分たちを振り向いて言うと、

「そうです、そうです、亀さんの言うとおりです。旦那を見せてもらおうじゃねえか」

子分たちも口を合わせて言った。

その時であった。

「この顔でよければ、見せてやろう」

調理場の横脇から、ふいに声が飛んできたのである。

「ああっ!」

「げえっ!」

亀と源吉は、その声の主を見ると、おどろきの声を発し、腰掛けの樽から、バネ仕掛けの人形のように、ピョコンと飛び上がった。

調理場の左手にある、暖簾をはね上げて、のっそりと姿を現わしたのは——鮎太郎であったからだ。意外、あまりにも意外な鮎太郎の出現に、しばし茫然となって、亀と源吉は声が出ないらしかった。

ところで、どうしたわけで、鮎太郎が、このお雪の居酒屋にいるのかといえば……。

たんに、

――昨夜、鮎太郎は、鮫島又内と小野市之助のひきいる覆面の一団に襲われて、花川戸の路地へ走りこみ、ヒラリと黒板塀を乗り越えた。すると、塀の中へトンと降り立ったと

「誰っ？」

女の声で、咎《とが》められたのだった。この声の主が、お雪であったのだ。

ということは、つまり、この居酒屋の裏は、黒板塀で囲まれていて、お雪の住居になっていたわけである。表は店、裏は住居になっている、細長い家屋であった。

お雪は、塀を乗り越えて、フラリと舞い込んだのが、鮎太郎だとわかると、再会を喜び、泊まっていってくれと、しきりにすすめた。塒《ねぐら》のない鮎太郎は、お雪にすすめられるままに、この居酒屋の奥座敷に泊まっていたのである。

そしていま、店のただならぬ気配で、例のごとく、悠然と姿を現わしたのだった。

さて、鮎太郎は、そこに、鬼形一家の子分たちを見て、

「やあ亀さん、久方ぶりだなア……七里の渡しでは失礼したが」

にこっと亀に笑いかけながら言った。

「亀さん、亀さんと、心安く呼ばねえでくれ」

われに返って、亀はむくれた。源吉はどう出たらよいものやら、とっさに思案が浮かばないらしく、土間に突っ立っているばかりだし、あとの子分たちは、さっぱり事情が呑みこめないから、黙って、鮎太郎と亀の顔を見比べている。お雪だけは、うれしそうに、ほれぼれと、鮎太郎を見つめていた。

「やいっ、アユ……旦那、おめえは、いつからお雪の旦那になったんだ？」

亀が、気負いこんで問いかけた。

「昨日の夜から、世話になっている」

鮎太郎は、笑顔のままだ。

「世話になっているといや、お雪とできていやがるんだな」

親分の惚れている女を、鮎太郎にさらわれては一大事と……亀は、たたみこんで質問する。

「何が、できているんだ？」

「つまり、おめえとお雪の仲は、どういう具合になっているかと訊いているんだ」

「仲は悪くないから、こうして泊まりこんでいる」

鮎太郎は、淡々と答える。

「じれってえな、おれの訊いているのは、おめえとお雪の、男と女の関係だ」

「わたしは男、お雪どのは女、それがどうかしたのか、亀さん？」

「そう亀さんとなれなれしく呼ばねえでくれ……おめえに、亀さんと呼ばれるたびに、ロン中が、塩っぱくならア」

「伊勢の海の水は、よほど、塩っぱかったとみえるな」

「塩っぱいの、塩っぱくねえのって……」

亀がこう言って、舌の先で、ペロリと唇をなめると、

「おい、亀、話が逸《そ》れやしねえか」

源吉が、横脇から注意をした。

「あっ、そうだ、どうもいけねえ……」

亀は、鮎太郎に向き直って、

「おれの訊きてえのは、おめえとお雪の間柄だ……素直に、スッパリと返答しろ」

「亀さん、もう少し、わかりやすく質問してくれ」

「つまりだな、おめえは、ここで泊まったろう？　その時の具合を説明してくんねえ」

「お雪どのに、蚊帳を吊ってもらって、蒲団の上で寝《やす》んだ」

「そうだ、問題はその蒲団だ！」

「蒲団が、どうかしたのか？」

「まったく、じれってえな、こちとらまで、恥ずかしくなるじゃねえか……一つの蒲団へお雪と一緒に寝たんですかい？」

「わたしは、いつも、一人で寝む……」

「そうですかい……そうこなくっちゃ、いけねえよ、ねえ、アユ……旦那」

亀は、ふられやがって、ざまみろ、いい気味だ、という目でお雪を見やってから、

「だけどよ、海の水の塩っぱさは、わすれやしねえぜ。こんどは、おめえに地獄の釜《かま》の湯を呑ませてやるから、覚悟しやがれ」

そう言って、鮎太郎を睨みつけ、凄んで肩を怒らせた。

必殺の包囲陣

1

女郎蜘蛛のお艶は、朝早く、プイと心中屋敷を飛び出すと、一日中、町中をうろつきまわっていた。両国の見世物街、浅草観音の境内など、雑沓を狙って歩きまわったのだった。

お艶は巾着《きんちゃく》切りだから、その習性で、人混みを選んだのではなかった。他人様の懐は、もう決して狙いませんと、東海道の道中で、鮎太郎に誓ったのである。

三味線いっちょうあれば、けっこう暮らしていけるのだから、スリを働かなくても、よいのだった。

今日、お艶が、朝から雑沓を狙って歩いたのは、鮎太郎探索のためであった。

昨夜、花川戸の路地で、鮎太郎を見失ってしまったのだが、人混みを狙って歩けば、鮎太郎に出会うこともあろうと考えたからであった。けれど、とうとう鮎太郎に逢うことができずに、日が暮れてしまって、

「いったい、鮎さんは、どこへ隠れてしまったのかしら」

お艶の胸は、ジーンと、痺れるように、せつなくなってくるのだ。

「女郎蜘蛛の姐御らしくもない……」

と、自嘲で顔を歪めてみるのだが、恋しい……と思う心は、どうしようもない。

「鮎さんは、お大名のご落胤、所詮《しょせん》叶わぬ恋じゃないか」

自分の胸に言い聞かせるのだが、やはり、逢いたいと思う心は変わらない。そのくせ、逢えないものだから、お艶は、焦躁《しょうそう》を感じはじめて、

「やっぱり、縁がなかったのかしら」

と、悲しくなってくるのだった。おまけに一日中歩きまわったので、疲労を覚えて、いっそう気が滅入《めい》りこんでくる。

お艶は、フラリフラリと、旅籠町を通りすぎ、諏訪町にさしかかる。ここまできても、夕涼みの人が、チラホラと見受けられる。右手に見える大川には、灯影が、チララ、チララと水面にゆらめき、船遊山でにぎわっていた。

「鮎さんと二人きりで、屋形船を漕ぎ出して、夕涼みをしたら、どんなに楽しいことだろう。二人きりで、船に乗れば、必ず、口説き落としてみせるのだけれど……」

お艶は、そんな甘い空想にかられて、水面に揺らめく船の灯影に視線を移しだ。しかし、それも所詮叶わぬ夢物語……と俗っぽい台詞が脳裡に浮かんできて、放心したように、フラリフラリと足を運ぶのだった。

駒形町にさしかかった時である。

「喧嘩だよウ、大喧嘩だよウ！」

「殴りこみだぞ！」

突然、行手から、叫び声が聞こえてきて、弥次馬が、お艶の脇をかけ抜けていった。バラバラバラッと花川戸の方に向かって走ってゆく。

お艶もつられて、足を急がせた。しばらくゆくと、ものものしい喧嘩装束の一団のうしろ姿が見えてくる。いずれも、腰に長脇差を打ちこんだ、鉢巻、たすきがけの男たち、四十人あまりのやくざの集団である。

いわずと知れた、鬼形一家——。

そして、目指すは、花川戸の居酒屋のおかめだ。

今宵、鮎太郎を斬らんがために……親分主膳を先頭に、必殺の陣容で、どっとくり出したものだった。

先頭をゆくのは、主膳、源吉、亀、そのあとに、雪崩《なだ》れるように四十人あまりの子分たちが、道路いっぱいに押してゆくのだ。つづく弥次馬、五十人に近い。もちろん、お艶も弥次馬の一人だ。

この殺気立った喧嘩装束の集団を目にして、通りの家々はバタバタと雨戸を降ろしはじめる。夕涼みに出ていた女や子供たちは、あわてて家の中へ走りこむ。すると、灯影が外へもれなくなって、きゅうに通りは暗くなる。月はなく、星明かりばかり、今宵も、頭上にきらめく、天の川がきれいだった。

先頭は、大川橋を右に見ながら、花川戸へ入る。

「これだけの人数に押しよせられちゃ、鮎太郎も、今宵限りか……たんまり地獄の釜の湯を呑ませてやろう」

親分と肩を並べて先頭をゆく亀は、肩を怒らせて、気負いこむ。

「どうあろうと、鮎太郎は生かしておけぬ。おれの直心影流で斬って捨てる……おまえたちは、アユを逃がさぬように、お雪の居酒屋を包囲すればよい」

主膳は、嫉妬で目をギラつかせているのだ。鮎太郎は恋敵、しかも、鮎太郎とお雪の関係は、すでに他人ではなくなっているものと、この親分は、勘繰っているのだった。若い男女が、ひとつ屋根の下に寝て、何事もなかったとは、どうしても信じられない。

「鮎太郎にお雪を寝取られてしまった！」

主膳は、もうカンカンになっていた。亀の口から、鮎太郎がお雪の住居に泊まっていると、聞いた時、

「やりやがったな！」

めずらしく鉄火口調で、主膳はわめき、嫉妬と怒りで、プルルッと体を慄わせたのだった。

「不覚っ、お雪の貞操を盗まれてしまった。何たる不覚っ！」

「大丈夫ですよ、親分……鮎太郎ってやつは色恋のわからねえ、唐変木《とうへんぼく》ですからね、お雪姐御の貞操に間違いはありませんぜ……あっしが保証します」

亀が、親分を慰めるように言うと、

「保証すると言うが、おまえは、お雪の貞操を見たのか？」

「とんでもねえ、とてもじゃねえが、貞操は覗けませんや」

「あたりまえだ。お雪の裾をまくって覗いたら子分といえども承知しねえぞ」

というわけで、とにかく主膳は、かあーッと、のぼせ上がっていたのである。鬼形一家の親分で直心影流の達人ともあろう男が、嫉妬で狂ってしまったのだ。

鮫島又内に、五十両で鮎太郎を斬ってくれと依頼されたのだったが、いまとなっては、そんな殺し屋稼業の仕事は問題でなかった。とにかく、主膳の嫉妬は、鮎太郎を斬らねば、おさまりがつかなかった。

「鮎太郎は、おれが斬り殺す。おまえたちは、お雪の住居を取り囲んでおればよい」

主膳は、さっきから、何度も何度も、繰り返し繰り返し、亀たち子分にこう指示するのだった。

「親分、鮎太郎は腕の立つ野郎ですから、油断をしねえで下せえよ」

亀が、主膳の横顔を見やりながら言った。

「まかせておけい、おれの直心影流で一刀のもとに、地獄へ送りこんでくれるわ」

と、主膳は自信満々で、行手を見据えた。やがて、行手に、おかめと筆太に書かれた、赤い提灯が見えてくる。

「亀の率いる一隊は表口、源吉の率いる一隊は路地から裏口を見張れ、おれの隙を見て、鮎太郎が外へ逃げ出したら、大声で合図をしろ、いいか、わかったか?」

主膳が、いま一度念を押すと、

「へい」

「がってん」

源吉と亀がうなずいた。

「気づかれて逃げ出されてはならぬ。静かにゆけい」

「へい」

子分たちは、みんな足音を殺して、そっと居酒屋おかめに近づいていき、亀の一隊は表口へ、源吉の一隊は路地から、裏口の方へ……こうして、ついに、お雪の住居は鬼形一家のめんめんに、出口を押さえられ、包囲されてしまった。屋根瓦をはがないかぎり、絶対に外へ出られない必殺の陣容である。

弥次馬は、殴りこみが意外な居酒屋であったので、合点のいかぬ様子で、ヒソヒソ小声で話し合いながら、少し離れて見守っている。だが、弥次馬の中で一人お艶だけは、顔色を変えていた。おかめと筆太で書かれた提灯を見て、とっさにお雪を思い出し、

「鮎さんは、きっと、ここにいるのだ」

と、恋をする女の本能で、すばやく察したのである。と同時に、鮎太郎の危機を知って慄然《りつぜん》とした。早く、鮎さんに知らせなければ……と、お艶が、われを忘れて駈け出そうとした時、

「いいか、油断はならぬぞ」

主膳が、亀に声をかけて、ツカツカと大股に、おかめの店先へ近づいていった。

弥次馬は鳴りをひそめ、お艶の目も、亀たち子分の目も、いっせいに主膳の背中へ集まる。

店には、灯がともっていた。まだ酔客がいるものとみえて、甲高い声が聞こえてくる。入口の縄暖簾は、外されて、腰高障子は閉められていた。

主膳は、その腰高障子を、ガラッと開けて、さっと店の中へ入っていった。

2

――ちょうど、その頃。

鮎太郎とお雪は、屋形船の中にいたのだ。

お雪が、鮎太郎を船遊山に誘い、一刻ほど前に、柳橋の船宿を出たのだった。二人を乗せた屋形船は、櫓《ろ》の音も聞こえぬくらい、ゆっくりと大川を漕ぎ上っていく。

船頭は、気をきかせたつもりなのだろう、船尾で、ひっそりと、櫓の音を殺しているし、屋形の中は、二人きりで、差し向かい……恋を囁《ささや》くには、絶好の場である。

けれども、お雪は、ちょっぴり不満だった。鮎太郎が、屋形の障子を開けてくれ、と言ったからだ。障子を開け放つと、さっと涼風が吹き抜けていくが、船の中は、まる見えなのである。だから、誰が、どこから見ているかも知れない、覗かれているような気がして、お雪は、鮎太郎に寄り添ってすわることができなかった。

この頃、大川へくり出した屋形船は、百艘《そう》をこえたと言い伝えられている。今夜も、見渡すかぎりの水面に、チラ、チラ、チラと、船の灯影が揺らめいて、目映《まばゆ》いくらいの盛況であった。

絃歌のさんざめきが聞こえてくる船もあるし、障子を開け放ち、半裸の男が踊っている船もある。また、ピタリと障子を閉めきって、その障子に男女の影を映し、ひっそりとしている船もある。そんな船の間をぬって、猪牙《ちょき》船が二丁立の櫓で、エイ、ホイ、エーイ、ホーイと、かけ声もいさましく、水面をすべるように漕ぎ上ってゆく。

お雪と鮎太郎は、向かい合って、静かにすわっているのである。二人の間には、四角い膳が置かれている。鮎太郎が、思い出したように、肴を突つけば、お雪が徳利を取り上げて、すすめる。

涼風に頬をなぶられ、船の揺れ具合も、快く、おまけに美人のお酌で酒を呑めば、誰だって、陶然《とうぜん》とならざるを得ない。町の中の裏店住居や、棟割長屋の蒸し暑さに比べると、まさに、別世界……夏の夜のパラダイスである。

鮎太郎も、目のふちを、ぽうーと、赤く染めて陶然とし、

「やっぱり江戸だなア……しみじみと江戸情緒が感じられる」

と、河岸の灯を見やりながら、詠嘆するのだ。

「鮎さんに気に入っていただいて、お誘いした甲斐《かい》がありました」

お雪はこうして、鮎太郎に接し、その頼もしい顔を見ているだけで、楽しく、胸のふくらむ思いだった。

けれども、お雪は、おぼこ娘ではない。己の体を持てあます、脂《あぶら》の乗りきった中年増だ。それゆえ、鮎太郎に身を投げかけたい衝動を覚えて、かあーッと、体が熱くなることがあるのだった。たった一度でよいから、鮎太郎を己のものにしたいと、不埒《ふらち》な欲望を覚えるのである。

「鮎さんは、やっぱりお大名になりたいのでしょう」

お雪は、こんなことが訊いてみたくなる。鮎太郎の秘められた身分を知っていて、どうせ、一緒になれないとわかっているから、いっそう、恋慕の情が強くなるのだろう。

「大名になりたくない。のんびりとお雪どののところに居候《いそうろう》している方が気楽でよい」

鮎太郎は、うれしいことを言ってくれる。

「それじゃ、どうして、お屋敷へ乗りこんでいったのです?」

「わたしは、父に逢いたいだけだ。大名になろうとは思わない。だが、だからといって、あの鮫島又内とか小野市之助という男たちを、そのまま捨てておくわけにはいかないのだ。彼らが、藩中で陰謀を企んでいるとすれば、父下野守は不幸になられる。わたしは、父の不幸を手をこまぬいて見ていることはできない」

「すると、いずれ、またお屋敷へ乗りこんでいって、悪いやつらを成敗なさるのですね？」

「おりを見て、適当な処置をとろうと思う。しかし、あわてることもなかろう……お雪どのの案内で江戸見物をすませてからでよい」

「明日は、浅草の観音様へご案内しましょう……だけど……」

お雪は、きゅうに、悲しげな表情になって、

「家中の悪い男を成敗なさると、鮎さんは若殿様……もうお目にかかれなくなってしまいます」

「いや、時々フラリと屋敷を出て、お雪どのの居酒屋へ呑みにこよう、だが、わたしはまだ、若殿になると決まっているわけではない」

「もし若殿様におなりになった時には、わたしを腰元にしていただけません？」

お雪は、こう言ってから、頬を赤らめ、バツの悪そうに目を落として、

「居酒屋の女が腰元だなんて、おかしいですね」

「おかしくはない。お雪どのは、よく働くし世話好きだから、きっと、よい腰元になるだろう」

「鮎さんにそう言われると、うれしい……あたし」

お雪が小娘のように声をはずませて、

「さ、おひとつ」

と、徳利を突きつけると、鮎太郎は受けずに盃を置いた。その時、鮎太郎の顔がきゅうに、キリリと引き締まって、別人のように、きびしくなったのである。

どうなさいました？──お雪が不安そうに目で訊くと、鮎太郎は、無言で、するどい視線を船の外に走らせていた。

3

鮎太郎の船と、いま一艘の屋形船が、平行に舳先《へさき》を並べて、ゆっくりと漕ぎ上っていくのである。船端と船端の間隔は三間（五・四メートル）あまり。その船の屋形の障子も開け放たれていたから、お互いに、屋形の中はまる見えであった。

鮎太郎は、隣の船の屋形の中の武家たちに、するどい視線をはしらせていたのだ。お雪

も、鮎太郎の視線の先に目を留めて、

「亀山藩の家中の者ですね」

と、声を押さえる。その時、船と船との間隔が、すウーと二間ほどにせばまって、

「おっ！」

向こうの船にも、驚きの声があがった。

その船の屋形の中には、亀山藩の家老岩渕兵部、鮫島又内、小野市之助の三人が顔をそろえていたのだ。鮎太郎に敵対する陰謀組のめんめんだ。彼らの間には、二人の芸者の白い顔が見える。

「おっ！」

一番先に声をあげたのは、市之助で、次に又内が鮎太郎を見て、はっとし、隣にすわっている兵部の耳元へ、

「鮎太郎です」

小声で告げた。兵部は無言、うなずきもせず、首をねじって、冷然と鮎太郎を見やる。

芸者たちの目も、鮎太郎にあつまって、

「あの方、どなた？」

一人の芸者が、又内に訊いた。

「黙っておれ、いまに面倒なことが起こる……」

又内の凄味のある語気に、芸者は、さっと顔をこわばらせた。

二艘の屋形船は平行に並んだまま、ゆっくりとすすんでゆく。左手に駒形堂、それから、しばらくすすむと、大川橋の欄干《らんかん》が、ほの白く見えてくる。

船と船との間には、緊迫した空気が流れている。その切迫した空気を嘲笑するかのように、三味線の調べが、涼風に乗って聞こえてくるのだ。歌を歌っているのだろうが、調子っぱずれの、がなりたてるような男の声が聞こえてくる。

鮎太郎の顔は、ほんの束の間、キリリと引き締まったが、ふたたび、もとのおだやかな表情になって、盃を取り上げた。お雪が、あわてて酒をつぎながら、

「鮎さん、大丈夫？　どうなさいます？」

隣の船に聞こえないように、低い声で訊いた。

「さて、どうするかな」

と、鮎太郎は盃を置き、又内と市之助に目を移して、

「又内どのに市之助どののだったな……あとの一人は、どういうお人だ？」

と、問うと、

「御家老の岩淵兵部様だ。冥土のみやげに、ようく覚えておかれい」

市之助の声が、はね返ってきた。わざわざ名乗ることもあるまいに、と兵部の苦りきった表情。

その時、船と船との間隔が、またしても、すウーとせばまって、一間（一・八メートル）ほどになった。とたんに、又内と市之助は大刀をつかんで、さっと腰を浮かせる。鮎太郎が、飛び移ってくるものと考えたからであろう。だが、鮎太郎は泰然と膝を揃えたままだ。右膝の脇に置かれた例の糸巻太刀を取ろうともしない。

二艘の船は、そのままの間隔を保ってすすんでゆき、大川橋をくぐる。このあたりまでくると、船の灯影は、だんだん少なくなって、まばらになってくる。船と船との間隔が、わずかに広がった。

「いままでのいきさつは水に流して、話し合おうではないか。わたしは、大名になろうと思わない。ただ父の下野守にお目にかかりたいだけだ」

淡々とした口調で鮎太郎が言った。

「よかろう、船を止めて、舳先へ出ろ」

と、又内が応ずる。

「船頭、船を止めてくれ」

鮎太郎は、そう声をかけて、船頭に船を止めさせると、お雪が、

「鮎さん……」

と心配そうに、鮎太郎の顔を仰いで、呼びかけた。

案ずることはない……と鮎太郎は、目でお雪に笑いかけて、大刀も取らずに、屋形を出、舳先に立った。鮎太郎が、糸巻太刀を屋形の中に置いたままで出たのは、話し合うには、武器のない方が、殺気立たなくて都合がよいと考えたからであった。

鮎太郎が舳先へ出た時には、すでに、又内と市之助の二人も、隣の船の舳先に立っていた。油断なく大刀を腰に落として。

この時、船と船の間隔は三間あまりになっていた。太刀をまじえることのできない距離である。

「殿のご落胤とたばかる不逞浪人は、生かしておくわけにはいかぬ」

鮎太郎が口を切らないうちに、又内がわめいた。話し合おうと舳先へ出たのに、はじめから、喧嘩腰である。鮎太郎は、チラリと屋形の中の兵部を見てから、又内に向かって、

「そうわめかなくてよい。静かに、話し合えばわかることだ」

「話し合っても、ムダだ」

又内の言葉には、殺気がこもっている。

「なぜ、話し合って、己の悪いところを改めようとしない？」

「黙れっ、黙れえっ……雑言《ぞうごん》許さぬ」

「これでは、話もできない。いったい、わたしをどうしようというのだ？」

「この世から消えてもらおう」

「わたしは、まだ消えたくない。地獄へゆくのは、おまえたちではないのか？」

「ほざくなっ！」

今度は、市之助が怒鳴った。だが、鮎太郎は、怒りの気配さえ見せずに、ユラリと舳先に立っている。お雪は屋形の中から、船頭は船尾から、じいーっと、鮎太郎の横顔を見守っている。

ダーン、
突然、銃声が星空に跳ね上がって……鮎太郎の体が、グラリと前に傾いた。右手で左肩を押さえながら、背中をまるめてよろめき、次の瞬間には、船端を越えて、ざンぶ！　飛沫《しぶき》をあげて、大川へ沈んだ。

屋形の中にいる、兵部の右手に短銃が握られていたのである。

ダーン、ダーン、
兵部は船端から乗り出し、鮎太郎が沈んだ水面を狙って、つづけざまに引金をひく。

「鮎さん、鮎さァん！」

お雪は、船端へにじりよって、水面を覗きこんだ。グラリと船が揺れたのにも、気づかなかった。

「鮎さァーん！」

お雪の声だけが、虚《むな》しく水面を流れていく。銃声で、三味線の調べも歌声も、ピタリと止《や》んで、聞こえるのは櫓のきしむ音と、お雪の悲痛な声だけ……。

われを忘れて、鮎太郎の名を呼びつづけていたお雪は、ふいに背中に、人の気配を感じて、ぎくッと振り向いた。いつこちらの船へ乗り移ったのか、又内が屋形の中へ入ってきて、鮎太郎の糸巻太刀をつかんでいたのである。

「あっ、いけません！」

お雪はその太刀を奪われてなるものかと、血相を変えて又内にむしゃぶりついていったが、太刀の鐺《こじり》で、トンと胸を突かれて、

「あうっ……」

と、仰向けにひっくり返ってしまった。着物の裾が、ぱっと開いて、湯文字が見え、白い脛《すね》が露《あら》わになる。又内の好色な目が、ギラリと光った。

訪れた幽女

1

お艶は、お雪に鮎太郎を盗《と》られたものと思いこんで、しょげてしまった。

居酒屋おかめを襲った、やくざの集団の中に、源吉と亀の姿を見て、鬼彤一家が、道中で鮎太郎に痛めつけられた仕返しにやってきたものと考えたのだ。

――東海道の七里の渡しで、鮎太郎はお雪を助けるために、亀を海へ投げこんだのである。だから、お雪は鮎太郎に感謝し、その頼もしい男と思う胸のうちで、恋情が芽生えて、

「江戸へ戻ってから、鮎さんを己の住居へ引っ張りこんだのだろう」

と、お艶は考えたのだった。だが、鬼彤一家は、鮎太郎を発見することができずに、虚

しく引っ返していった。引きあげてゆく、彼らの中から、

「お雪とアユは、風をくらって逃げやがった……」

お艶は、そんな声を聞いたのである。この言葉は、お艶にとって、痛烈な打撃だった。鮎太郎とお雪は、手に手を取り合って、鬼形一家の暴力から逃れるために、姿を隠した……。

お艶は嫉妬を感ずるより、しょげてしまった。鉄火な女郎蜘蛛の姐御も失恋したとなると、からきし意気地がなかった。

おまけに一日中歩きまわったのだから、疲労感も激しかったので、この心中屋敷へもどるなり、ペタリとすわりこんでしまった。しょんぼりとうなだれて、怪四郎の前にすわっているのだった。

「オスにふられたか」

怪四郎は、ポツリと言っただけで、ゴボッ、ゴボッ、ゴボッと咳きこんでは、懐紙にペッと血痰を吐きつけ、そのあと、例のごとく茶碗酒をあおっている。

鬼形一家のめんめんが、居酒屋おかめを包囲して、家探しした……とお艶が話して聞かせても、怪四郎は聞いているのか、いないのか、うなずきもしない。しばらくしてから思い出したように、

「鮎どのは、居酒屋の女将風情に惚《ほ》れる男ではない」

「そうかしら？」

それでも、お艶がうれしそうな声を出すと、

「女に惚れられても、こちらから惚れる男ではない。大名の若殿なんて、そんなやつだ」

怪四郎の声に情感はなかった。慰めてくれたのかと思うと、そうではなさそうだ。失恋の悲しみのわからない非情な男なのだ。

お艶を慰めてくれるのは、ハッタリ安と、スッポンの辰の二人だけ。銀次は、まだ屋敷へもどってこない。おそらく、他人様の懐を狙って、夜の盛り場をうろついているのだろう。

「カックンとくるなんて、姐御らしくもねえ、しっかりしなせえよ、しっかり……男なんて、はいて捨てるほど、ウヨウヨしていますぜ」

「そうだ、そうですよ、姐御……そこいらあたりでウロチョロしている男の中から、よさそうな野郎を適当に見つくろっちゃ、いかがです？　案外掘り出しものがあるかもしれませんぜ」

こういった調子で、安と辰の二人は、慰めてくれるのだけれど、お艶の胸は、少しもあかるくならなかった。沈んだ眼差しで、じーっと行灯の灯を見つめているのだ。

子《ね》の刻（十二時）を告げる浅草の鐘の音が聞こえてくる。夜がふけるにつれて、お艶は、ますます悲哀を感ずるのだ。暗い奈落へ落ちてゆくように、心細く、気が滅入りこんできて、誰かに、すがりつきたい思いだった。その誰かは、今の場合、怪四郎でもよかった。

だから、安と辰が、隣の部屋へ姿を消してからも、お艶は、自分の寝間へ引きさがろうとしなかった。

「寝ないのか、お艶？」

怪四郎が訊《き》いた。

「今夜は、怪さんのそばで寝ませて下さいな」

お艶は、一人で寝るのが心細くて、思い切って言った。だが、怪四郎の表情は、能面のように冷たく、

「どうかしたのか？……女郎蜘蛛が泣くぜ。それとも、おれを鮎どのの身代わりにしようって魂胆《こんたん》か？」

「なんだか、心細くて……」

「ますます妙な具合だ。この心中屋敷に出ると言われている女の亡霊に取りつかれたんじゃねえのか……おめえが、一緒に寝てくれと言い出すなんて、まったくおかしな晩だぜ。

こちらまで、薄気味悪くならア……ま、よかろう、この部屋へ蒲団を運んでくるがいい」

そう言って、怪四郎は、グイと酒をあけ、茶碗を畳の上に置いた。ゴロリと横になって、空《カラ》になった貧乏徳利を爪先でポンと蹴る。徳利は、コロコロコロッと転がっていって、コツンと壁にぶつかった。

お艶は、自分の部屋へ退がって寝間着に替えると、怪四郎の部屋へ、二組の蒲団を並べて敷いた。蚊帳を吊って横になった。怪四郎が行灯の灯を吹き消そうとすると、

「消さないで……」

「消さなくて、いいのか?」

「いいの」

「勝手にしやがれ、おもしろくもねえ」

怪四郎は、あおむけになると、すぐに目をつむる。目を閉じた怪四郎の顔は、痩せこけて、やつれているので、デスマスクのようだ。生きている人間というよりは、そこに死骸が横たわっているような感じなのだ。

お艶は、しばらく、じいーっと、そんな怪四郎を見つめていた。死相を思わせる不気味な怪四郎の顔だが、いまのお艶にとっては、親しみのもてる寝顔なのである。この非情な

殺し屋のそばにいるだけで、何故か、気分が落ち着いてくるのだった。

「怪さん、眠ったの？」

お艶が、そう声をかけると、

「そんな、あまっちょろい声を出すんじゃねえ。おれが妙な気持ちを起こしたら、どうするつもりだ？」

怪四郎は目を閉じたままで言う。

「かまわないの、怪さんなら」

「つまらねえことを言うんじゃねえ……隣の部屋で、安と辰が笑っているぜ」

「笑われたってかまわない。怪さんに、体をぶっつけたいような気持ち……」

ちょっぴり、あまったれた声で、お艶が言うと、

「うるせえ、早く寝ろ」

怪四郎のしわがれ声が、はね返ってきた。

それからは静寂。じいーンと胸が痺れるような静けさがやってくる。

お艶は、あおむけになって、目をつむった。今夜は眠れそうにないと思いながら。目を閉じると、体が、すウーと落ちていくようであった。一日中、歩きまわった疲労のせいか、それとも、怪四郎が、そばにいてくれるという安堵からか……やがて意識が薄れて、

眠りの淵へ沈んでいった。

――それから、一刻（二時間）ほどたったころ、怪四郎は、お艶の声がとだえてから、ウツラウツラしていたのだが、かすかな音を聞いて、はっと目を覚ました。人斬り稼業の男だから敵は多く、つねに油断はならなかった。だから、かすかな音で目を覚まして、枕元の大刀に、そっと右手を伸ばしたのである。

お艶は、軽い寝息を立てて眠りこけている。その寝息だけが聞こえる静けさであった。

この心中屋敷は、墓場のような静寂のうちにあった。夜がふけると、首くくりの松の木のあたりから、女の泣き声が、シクシクと聞こえてくると噂をされている。しかし、その女の忍び泣く声は聞こえてこない。

怪四郎は、右手で大刀をつかんで、耳をすませた。お艶が、寝返りをうって、怪四郎に背中を向けた。

その時、サラサラサラという、かすかな音を怪四郎は耳にした。何かが、蚊帳に触れる音であった。

「――？」

怪四郎は、そっと、体を起こして、蒲団の裾のほうに目をはしらせた。すると、蚊帳越しに女の姿を見たのである。

憔悴《しょうすい》しきった女の顔が、行灯の灯に照らし出されて、ほの白く浮かんでいた。

2

お雪の心は、大川の水とともに流れ去ってしまったようであった。

鮎太郎は、兵部に短銃で撃たれて、大川へ沈んだきり、浮かび上がってこないし、その上、又内に、糸巻太刀まで奪われてしまったのだ。茫然とならざるを得なかった。鮎太郎を失ったという打撃で、己の心まで、失ってしまったのである。

お雪は放心してしまい、柳橋の船宿を出てから、花川戸の住居へ戻ろうともせず、まるで夢遊病者のように、夜ふけの町中を彷徨《さまよ》っていた。

近頃、ひんぴんと辻斬りが出るというので、夜ふけの道に人通りはない。ひっそり閑《かん》とした通りを、少しも恐怖を覚えずに、お雪は歩いていた。犬の遠吠えが、かすかに聞こえてくるだけである。

その犬の声でさえ、聞こえぬくらい、お雪は放心しきっていたのである。地面に目を落とし、よろめくようにフラリフラリと足を運んでいたのだった。他人が見れば、おそらく狂女と思うに違いない。どこを、どう歩いたのやら、ふいに、うしろから、ポンと肩を叩かれて、われに返った時、お雪は聖天町の路上に立っていた。

お雪の肩をポンと叩いた男は、銀次であった。

「いったい、どうしたんだ、お雪さん？」

銀次は、夜ふけの通りに、お雪の姿を見つけて、よほどおどろいたものだろう。意外といった表情で問いかけた。道中以来の再会だが、再会を喜ぶより、おどろきの方が、強かったらしい。問いかけてから、まじまじとお雪の顔を覗きこんだ。

「あっ、銀さん……！」

お雪も声をあげた。

「夜道を女の一人歩きは、危ねえぜ。どうしたわけだ、ただごとじゃなさそうだが？」

「大変なことになってしまいました、鮎さんが……」

「鮎旦那が、どうかしたのですかい？」

「大川へ……沈んでしまわれたきり……」

「ええっ！　大川へ……とにかく、歩きながら、話を聞こうじゃねえか、夜道に日は暮れねえ、ゆっくりと話してくんな」

そこで、お雪は、銀次と肩を並べて歩き出しながら、せきこんで話しはじめた。

——鮎太郎が、亀山藩の覆面に追われて、塀を飛び越え、花川戸の住居へやってきたことから……兵部の短銃で撃たれて、大川へ沈んでしまい、そのあと、又内に糸巻太刀を奪われてしまうまでの経過を、お雪は銀次に、くわしく話して聞かせた。

お雪の方は、話しているうちに、だんだん気分がほぐれて、落ち着いてきたのだが、銀次が、あわて出した。

「ちくしょう、えれえことになりやがった。鮎旦那は、いいさむれえだったのになア……どうしようか、どうしたらいいんだろう」

と、銀次は、悲痛に声をしぼって悔しがり、それから、足元に目を落として、ショボンとしてしまった。

「夜道をうろつきまわっていても仕方がねえ。塒《ねぐら》に帰って、怒の旦那に相談しよう、いい知恵が浮かぶかもしれねえ……あっしたちの住居は、すぐそこなんですよ、今夜は、無宿仲間の塒へ泊まっておくんなせえ」

——といったわけで、銀次は、お雪と一緒に心中屋敷へもどってきたのだった。二人は、夏草のぼうぼうと生え茂った庭を突ききって、廊下伝いに、ツカツカと怪四郎の部屋へ入っていったのだが……。

そこに、怪四郎とお艶が、仲良く枕を並べて寝ているのを見て、二人は、すっかり、面喰らってしまった。銀次にしても、意外だったし、お雪も、他人の寝間へ不作法に入りこんでしまったのだから、どうしてよいものやら、あがってしまって……ほんの束の間、蚊帳の外で棒立ちになった。

その時、怪四郎が、はっと目を覚まし、大刀を右手でつかんで、蒲団の上に起き上がったのである。

怪四郎が、蚊帳越しに見た女は、お雪であったのだ。憔悴《しょうすい》したお雪の顔が、行灯の灯でほの白く照らし出されていたのであった。

「あっしですよ、旦那」

一瞬、大刀を引き寄せて、殺気をみなぎらせる怪四郎に、銀次があわてて声をかけた。

「銀の字に、お雪どのか……夜中に、めずらしい組み合わせじゃねえか」

怪四郎の声で、お艶も目を覚まして、さっと起き上がり、すばやく、はだけた襟元をかき合わせる。辰と安も、隣の部屋からやってきた。

お艶は、蚊帳を外し、蒲団を部屋の隅へ押しやって、いそいで、みんなのすわる場をこしらえる。怪四郎、銀次、お雪、辰、安、お艶の一同は車座になった。

「だまって、部屋の中へ入ってくるなんて、ひどいじゃないか……銀の字」

お艶は、すわるなり、銀次を決めつけた。怪四郎と枕を並べて寝ているところを、お雪に見られたので、ひどくおかんむりの様子だ。

「しかし、お艶姐御が、旦那と一緒に寝ているんで、あっしだって、オドロキ、モモノキでしたぜ」

銀次は、お艶と怪四郎を見比べながら言った。

「お艶にたのまれて、一緒に寝たんだ」

と、怪四郎は正直に答える。

「一緒に寝た、一緒に寝たと言わないで下さいな、蒲団は、べつべつなんですからね……誤解をまねくじゃありませんか！」

と、お艶はプリプリしながらも、チラリとお雪に一瞥《いちべつ》を投げた。お雪は肩を落として、うなだれている。辰の目も、安の目も、そのお雪に注がれているのだ。

「鮎どのが、どうかしたか？」

怪四郎は勘がいい。一番先に質問を放った。

「それが、旦那、えれえことになりやした。鮎旦那は、大川へドンブリコ……沈んだきりだそうで」

「ええっ、鮎さんが！」

お艶が、うわずった声をあげると、

「ま、銀次……話してみろ、鮎どのが大川へ沈んだいきさつを聞こうじゃねえか」

と、怪四郎が銀次をうながした。

「聞いておくんなせえ、くやしいじゃありませんか、鮎旦那が土左衛門《どざえもん》になるなんて」

「いいから、話してみろ」

「へい」

銀次は、お雪から聞いた話を、身振り手振りを交えて、あらためてくわしく繰り返した。

聞きおわると、お艶が目をうるませて、

「鮎さんは、水ン中へ沈んだきり、姿を見せないんだね?」

諦めきれないものらしく、念を押すように訊いた。

「ええ」

お雪は、がくっとうなずくのだ。そして指先で、そっと目尻をぬぐうのである。

「古備前信房の太刀を、亀山藩のやつに奪われたのは、失策だったな」

残念そうに怪四郎が言うと、

「残念なのは、太刀を盗られたことより、鮎旦那が鉄砲で撃たれて、大川へ沈んだきり浮いてこねえことですぜ」

いつになく、銀次は怪四郎に反発し、

「あっしは、このままじゃ、とてもじゃねえが、我慢ならねえ。今夜は、これからみんなで鮎旦那のお通夜をするとして。……なにか、いい仇討の方法はねえもんでしょうか、ねえ、怒の旦那?」

「おめえが、亀山藩の屋敷へ忍びこんで、奪い盗られた鮎どのの、糸巻太刀を盗み出すことだ」

「するてえと、その太刀で、旦那が、亀山藩の悪い家老たちを、スパッと斬るってことになるんですかい?」

「あるいは、そういうことになるやもしれん。古備前信房なら、存分に斬れるであろう」

「そいじゃ、これから出かけていって、太刀をいただいてきやす」

そう言って、銀次は気軽に腰をあげたが、

「あっ、いけねえ、今夜はお通夜だった。おれはどうして、こうそそっかしいんだろう」

と、また腰をおろして、

「せんかたねえ、泥棒の方は、明日の晩に延期することにしよう」

「お通夜となりゃ、酒がいる……酒を買ってこい」

怪四郎が、お艶に言いつけた。

「だって怪さん……いま頃、酒屋は開いていませんよ」

お艶は立ち上がろうとしない。鮎太郎のお通夜をすることになろうとは、まったく、思いもよらぬことだった。いまはもう、お雪に対する嫉妬も失せて、胸の中にポカンと穴が開いたようで、お艶は立ち上がる気力を失っていたのである。お雪も、彫像のように、じいーっと顔を伏せたままだ。

「それでは、あっしたちが、ひとっ走りして……そこいらの酒屋で、酒をかっぱらってきやす」

安と辰が立ち上がった。

「旦那、何升ぐらいで？」

「一斗《と》もあればよいだろう。まとめてもらってこい」

「とにかく、担げるだけ、担ぎ出してきやす」

「大八車に積んでくればいい、遠慮するには及ばねえ」

銀次《ぎんじ》忍法

1

ところどころに、星が見えるが、その星のまたたきが、時々見えなくなっては、また現われる。雲が、速く流れているせいだ。風が強かった。ざ、ざア、ざアーと木の梢《こずえ》を鳴らして、吹き渡ってゆく。

深閑《しんかん》とした町中で、吹き抜けてゆく風だけが生きていた。

その風に乗って、チャラリ、チャラリと雪駄の音が聞こえてきた。しだいに雪駄の風が近づいてき、宗十郎頭巾《そうじゆうろうずきん》の武家の姿が見えてくる。黒い着物の着流しの、六尺くらいの大男だ。

この宗十郎頭巾は森田町《もりたちよう》の方からやってきたのだが、いま一人の男がスタスタと急ぎ足で、天王橋《てんのうばし》の方から歩いてきた。提灯《ちょうちん》をぶら提げた、商家の番頭風の男である。

二人の間隔は、だんだんにせばまり、ついに片町の路上ですれちがった。すれちがったと見えた刹那に、宗十郎頭巾の袖が、ヒラッと揺れ、番頭風の男は、右手をさし上げて、のけぞったのである。提灯が路上に落ちて、ぼうーと燃え上がり、あかあかと惨劇の場を照らし出した。

番頭風の男は、鮮血で胸を染めて、あおむけに倒れていた。

宗十郎頭巾は、懐紙で刀身を拭った。血糊《ちのり》のついた懐紙は、風にあおられて、クルクルクルッと舞い上がる。その時すでに、宗十郎頭巾は、チャラリ、チャラリと歩き出していたのである。路上に倒れた男の懐から、財布を抜き取って、何事もなかったように、ゆっくりと大股に歩き去ってゆくのだ。

「ちくしょう、ひでえことをしやがる。こいつだな、噂に聞く辻斬り強盗は……」

銀次は、義憤にかられた。軒下の天水桶の陰から、この惨劇を見守っていたのである。

――今宵、銀次は、鮎太郎の糸巻太刀を盗み出さんがために、亀山藩の上屋敷へ忍びこもうと、大いに張り切って、心中屋敷を出たのだった。そうして、この片町まで足を運んだ時、雪駄の音を耳にしたのである。

「おっと、いけねえ、市中見廻りの与力かもしれねえ」

与力はたいていの場合、雪駄履きだから、スネに傷持つ銀次は、さっと、横っ飛びに飛んで、軒下の天水桶の陰に隠れたのだ。すると、与力ではなく、長身の宗十郎頭巾で……この辻斬りの場を目撃することになったのだった。

「ものも言わずに、いきなり斬りつけようとは思わなかった。こちとらの、とび出す隙がねえ……しかし、財布を盗るために、人を斬るとは、芸のねえ野郎だ。ようし、あとをつけて正体を暴いてやろう」

銀次は、天水桶のうしろから、飛び出すと、軒下伝いに、見えつ隠れつ、宗十郎頭巾のあとをつけはじめた。宗十郎頭巾は、つけられているとは気づかぬ風情で、ゆっくりと、天王橋の方に向かって歩いてゆく。

左手に見える大川には、灯影は見えない。風が強くて、船遊山にくり出す人がないせいだろう、その上、時刻も時刻だ、やがて子の刻になるだろう。もちろん、通りに人影はない。銀次の前をゆくのは、ただ一人、宗十郎頭巾だけだ。

暗闇の中でも目の利く銀次だから、宗十郎頭巾のうしろ姿を見失わない。足音を殺し、一定の間隔をおいてつけていくのである。

やがて、宗十郎頭巾は、天王橋を渡った。それから、しばらくすすんで右に折れた。猿屋町である。どこまでいくつもりなのか、猿屋町を通りすぎて、三味線堀《しゃみせんぼり》の方へスタスタと歩いていく。

この三味線堀のまわりは、佐竹右京太夫《さたけうきょうだいぶ》、藤堂和泉守《とうどういずみのかみ》などの大名屋敷をはじめ、武家屋敷が多く、昼間でも、ひっそり閑《かん》としたところである。しかし今夜は、木々の梢を渡る風の音が、ざ、ざァ、ざァーと不気味に聞こえる。

――宗十郎頭巾は、藤堂家の土塀に添ってすすんでいって、ふいに右手の路地へ曲がった。とたんに、ふっと宗十郎頭巾のうしろ姿が見えなくなった。

見逃がしちゃ、大変！

銀次も足を急がせてさっと右に折れた。――と、銀次の眼前に、宗十郎頭巾が立ちはだかっていたのである。

宗十郎頭巾は、銀次につけられているのを知っていて、この路地へ誘いこみ、待ちかまえていたのだろう、頭巾の間から覗いている目は、殺意でギラついていた。濡れているように光っていたのだ。人を斬る刹那の怪四郎の目より、もっと残忍な色があった。

銀次は、ぎょッと立ちすくんだ。背筋に、ズーンと悪寒《おかん》がはしった。

「イヌか？」

宗十郎頭巾が、するどく訊いた。

「イヌじゃねえ！」

銀次は、わめいたが、語尾が慄えた。

「岡っ引きであろう?」

「ちがう、こちとらだって泥棒様だ……だが、おめえのような芸のねえ、盗っ人じゃねえぜ」

「芸を見せてくれようか……うぬっ!」

凄まじい居合であった。ぱッと空気の裂ける音とともに、切っ先が、銀次の喉へ流れた。

「うへぇーっ!」

銀次は、悲鳴とも気合いとも、わけのわからぬ叫び声をあげて、反射的に飛び退がった。体が、ぞうーッと鳥肌立つ。

すでに、宗十郎頭巾は、白刃を鞘におさめていた。抜いたのも鞘におさめたのも、銀次には見えなかった。ただ、ぱッと空気の裂ける音と同時に、喉元へ冷気を感じただけであった。

2

ここは暗闇の世界。闇の中で、銀次の目が光っていた。

亀山藩平川町の上屋敷。その御殿の天井裏である。一刻ほど前から、銀次は、梁《はり》の上に腰をかけて、じいーっと耳をすませているのだった。

辻斬りのあとをつけて、あやうく斬られそうになり、鳥肌立ったままで、韋駄天《いだてん》の本領を発揮して一目散《いちもくさん》に逃げ出した銀次だったが……こういう忍びの仕事となると得意なのだ。土塀をヒラリと越え、庭を突っきって、わけもなく、この御殿の天井裏へ忍びこんだのである。

そして、ここぞと思う天井裏の梁の上に腰をかけて、御殿の中の気配を窺っているのだ。しかし、大名屋敷は、表住居、奥住居の諸座敷、大台所、下部屋などがあって、長屋住居のものには見当もつかないほど広大である。

さて、目的の糸巻太刀はどこにあるのか？　……と銀次ですら考えこまざるを得なかった。だから、都合によっては、この天井裏に二、三日泊まりこむつもりでいるのだ。気の短い江戸っ子の銀次も、仕事のこととなると気が長くなる。

やがて、そっと腰を上げて、梁伝いに、ゆっくりと天井裏を移動しはじめた。どの部屋にも灯はともっていないらしい。御殿の中は、しいーンと静まり返っている。

銀次は、ソロソロと梁の上を伝ってゆく。つまりは、銀次の趣味とする屋根裏の散歩で……その目的は、糸巻太刀を盗み出すことである。太刀を奪い返さなくては、白魚の兄いの面目が立たないし、鮎太郎の仇を討つことができないのだ。

とにかく、先決問題は糸巻太刀を発見することであった。

悪い家老がいて、陰謀を巡らしているらしいと、お雪から聞いたのだったが、……とすると、その家老の部屋に太刀が隠されていると考えなければならない。

はて？　家老の座敷は？

銀次は、なおも、ソロソロと這いすすんでいく。しばらくすすむと、天井板の隙間から、かすかな明かりがもれてきた。話し声も聞こえてくる。

そこで銀次は、懐から短刀を取り出して、梁の上に腹這いになった。そして天井板を切り抜いて、そっと下を覗いてみた。

——そこは、当主松平下野守の居間であった。

八畳ぐらいの座敷で、中央には、灯のともった朱塗《しゆぬり》の行灯が置かれている。唐木の机、蒔絵《まきえ》の書棚などが、高貴な光を放っていた。その他手文庫だの、硯箱《すずりばこ》だの、見台《けんだい》だの、いずれも、殿様の居間にふさわしい贅《ぜい》の尽くされたものばかりだった。

天井板を切り抜いた穴から、そっと、この座敷を覗きこんだ銀次は、あやうく、アッと声をもらしそうになり、あわてて息を呑みこんだ。

「鮎旦那に、そっくりじゃねえか、まったく化けてお出ましになったたと思ったぜ」

銀次は、鮎太郎に生き写しの下野守の顔を見たのである。もっとも、下野守の貴公子的な風貌には、鮎太郎のような潑剌《はつらつ》たる若さがなかったが……。

そしていま、この下野守は、家中の者たちが寝静まっている、深夜であるにもかかわらず、御留守居役の弦間民部左衛門《つるまみんぶざえもん》と二人きりで、ひっそりと向かい合っているのだった。

民部左衛門は、髷《まげ》に白髪の交じった五十すぎの、柔和なおっとりとした男で、下野守に、その実直さをかわれ、藩中で一番信頼されている家臣であった。

「毎晩のように、鮎太郎の夢を見るのだが……いまだに、鮎太郎が訪ねてこないとは、どうも合点がいかぬ、案じられてならない」

下野守は、まだ逢ったことのない、わが子の身を案じて、思案を巡らす様子。

「すでに、国元の庄野を出たと聞いたが、いまどこにいるのやら……江戸にきているのではなかろうか」

「鮎様は、殿と同じようなご気性、おそらく、のんびりと道中を楽しんでみえることでしょう」

と、民部左衛門は下野守を慰めるように言う。

下野守は、民部左衛門だけには、鮎太郎を世継ぎにするつもりだと、その意を打ち明けていたのである。お蓮の方の子、菊千代を世継ぎにすると、菊千代の叔父に当たる、家老岩淵兵部の勢力が、やがては藩を支配することになろうと、下野守は、将来のことを心配しているのだ。

しかもその上、下野守は、兵部を信頼していなかった。信頼してはいなかったが、鮎太郎の命を狙うほど、兵部が悪辣《あくらつ》な男だとは考えてもみなかった。

ともあれ、大名といえど、わが子を思う親の心には、変わりはなく……下野守は、鮎太郎との対面の日を、一日千秋の思いで待っているのだ。

「鮎太郎は、古風な糸巻太刀を所持しているはず……ひそかに、街道を探してくれい」

下野守は、心を決めたように、民部左衛門に言った。

「はっ」

と、民部左衛門はうなずく。

——一方、天井裏の銀次は、はがゆくてならなかった。

「鮎旦那は、悪い家老に鉄砲で撃たれて、大川へ沈んでしまったきり、浮かんでこねえぜ……この屋敷には、陰謀が渦を巻いているんだ。しっかりしておくんなせえよ、鮎旦那の親父さん！」

と、銀次は天井裏から、大声で、下野守に教えてやりたかったが、それはならない、できないことだった。泥棒風情の言うことを、お殿様が聞いてくれるとは考えられない。おそらく、曲者っ——と捕らえられるのがオチだろう。

「仕方がねえ、はがゆくて、くやしくてならねえが、ここンところは我慢するか……ならぬかんにん、するがかんにん……」

銀次は、胸のうちで呟きながら、そっと体を起こして、ふたたび梁を伝って移動しはじめた。

明かりのともっているのは、殿様の居間だけらしく、いくら這いすすんでいっても、天井裏まで、明かりはもれてこない。御殿の中は深閑《しんかん》としている。暗闇の中でも、目の利く銀次だったのだが、どのあたりに家老の間があるのか、さっぱり見当がつかなかった。

「やっぱり、降りていって、探るより手はねえらしいな……そいじゃ、ボツボツ降りていくとするか」

銀次は、いよいよ本式の仕事にとりかかった。そっと天井板を外して、床の間へ降りた。それから足音を殺して、つゥーと、襖を開けて、次の部屋へ入っていった。見台、文机《ふづくえ》、伏籠などが置かれている八畳の間だが、その調度から察すると、どうやら、軽輩の詰める部屋であるらしい。

「はァて？　家老の座敷はどこ？」

銀次は、いま一度襖を開けて、廊下へ出、スルスルスルッと、長い廊下をすべるように奥の方へすすんでいった。

脅迫状

1

空はカラリと晴れて、今日も、きつい陽射しが、生え茂った夏草に降りそそぐ。かっと照りつけられた夏草は、むせるような熱気を放って、ムンムンと息が詰まりそうだ。

ここ――心中屋敷の中の庭。草いきれの中に、ポツンと茶室が建っていた。

時々、さアっと風が茶室を吹き抜けていく。そのたびに、廂《ひさし》に吊るされた風鈴が、チリ、チリリ、チリリンと鳴る。風鈴の音《ね》は涼《りよう》を呼ぶが、吹き抜けていく風は、熱気をはらんでいるのだ。何もしないで、じいーっとすわっていても、じっとりと汗ばんでくる暑さ。

今日も、怪四郎は、この茶室にデンとあぐらをかいて、真っ昼間からグイグイと茶碗酒をあおっているのだ。

暑いといっては酒、寒いといっては酒、血痰を吐いて、口直しだといっては酒……酒なくては、日の暮れぬ怪四郎である。ゴボッ、ゴボッ、ゴボッと咳《せ》きこんでは、グイと茶碗を飲みほす。空《カラ》になった茶碗へ、貧乏徳利を両手で持って、トクトクトクと酒をつぐのは、お艶だ。

怪四郎とお艶は、茶室の中で、差し向かい。差しつ差されつ、茶碗酒をあおる。

お艶は、膝を崩してペタリとすわり、グイグイと、まるでヤケ酒のようだ。はだけた襟元から、ぽうーと、さくら色に染まった肌が覗いている。汗ばんだ肌から、熟《う》れきった、女の体臭が流れ出して、怪四郎の鼻先に漂う。けれども怪四郎は、はだけた襟元からこぼれる、桜色の柔肌に、一瞥《いちべつ》をさえ投げようとしなかった。

「あたしって、ほんとに男に縁がないんだねえ」

お艶の語尾は、いくらかもつれ気味だ。

「縁のねえこともあるめえ、おれと、こうして酒を飲んでいるじゃねえか」

怪四郎の声は低音だ。

「だって、怪さんは、メスは嫌いと言ったじゃないか」

「あまり好きじゃねえ……が、嫌いでもねえ」

「それじゃ、どちらなの？」

「女がいたって、邪魔にはならねえ、酒をついでくれるし、肴をこしらえてくれる、おまけに蒲団を敷いてくれる」

「あたしの言う、好き、嫌いは色恋のことさ……怪さんに、恋心はわからない」

「わからねえこともねえ……毎晩、おめえと一緒に寝ているじゃねえか」

「ただ、二つ蒲団を並べて、寝ているだけじゃ、恋といえません」

「どうすりゃ、恋になるんだ？」

「もっと、くっついて寝なくちゃ……」

「それじゃ、今夜は、おめえとくっついてみよう」

「妙な口説き方があるものねえ。でも、怪さんが、そんなことを言うのはおかしい。雨が降るんじゃないかしら」

「さぁっと一雨こねえものか。涼しくなるだろうぜ」

怪四郎はそう言い、目を細めて、庭の雑草の茂みを見やる。お艶は、怪四郎の痩せこけた顔をトロンとした目で見つめていた。

鮎太郎が大川へ沈んだきり、浮かび上がってこないと聞いてから、お艶の心は、日に日に怪四郎の方へ傾いていくようであった。所詮叶わぬ恋だったと、鮎太郎のことは、諦めてしまったものらしい。そして、怪四郎の方へよろめきはじめたのは、二人が枕を並べて寝るようになってからである。

あの夜、お艶は、心細くてたまらず、怪四郎の部屋へ蒲団を運びこんだのだったが、今は、そうすることが習慣になっていた。一つの部屋の中で、一緒に臥《ふ》せっていると、当然親しみが湧いてくる。この親しみが、お艶の胸のうちで、怪四郎に対する恋情になったものだろう。

ところが、怪四郎は恋情のわからない男だ。お艶の艶めいた眼差しに気づかぬ風情で、

「銀の字は、いったい、何をしていやがるのか?」

と、思い出したように言った。

「亀山藩の上屋敷へ忍びこんでから、三日もたつのに……もどってこないところをみると、ドジを踏んだのじゃないかしら」

お艶も、思い出して案ずる様子だ。

「銀次のことだ、間違いはねえだろうが……糸巻太刀が待ち遠しくてならねえ」

「もし、銀公が、ドジを踏んで捕らえられたとしたら、あの屋敷へ乗りこんでくれるかい、怪さん?」

「真っ正面から斬りこんだところで、銀次を助け出すのはむつかしいが……しかし、斬れ

る、存分に斬れるにちがいねえ」

「だけど、斬ることより、銀の字を助け出してやらないと、かわいそうじゃないか」

「うむ」

怪四郎は、うなずいただけで、じいーっと宙を見据えるのだ。その瞳が、だんだん妖しい光を放ち出す。濡れたように光ってくる。

人を斬る刹那……肉を斬り、骨を断つ時、ずうーンと腕から、肩へ伝わる感覚を思い出して、怪四郎の瞳孔《どうこう》は、妖気をたたえて、動かない。冷血動物の目のように、残忍で、冷たい色があった。

「人を斬ることより、銀次のことを考えてやって下さいな……冷たい人」

怪四郎の胸のうちを見抜いて、お艶はなじるように言った。

「うむ」

怪四郎は、お艶の言葉を聞いているのかいないのか……しかし、しばらくすると、怪四郎の目は、急に空虚になって、体を折り曲げたかと思うと、肺腑《はいふ》を吐き出すような勢いで、ゴボッ、ゴボッ、ゴボッと、激しく咳《せ》きこんだ。お艶は、苦しげな様子を見るに見かねて、怪四郎のそばへ、にじり寄った。

その時であった。

しゅうーッと、うなりを生じて飛来した手裏剣が、怪四郎とお艶の膝の間の畳へ、ぐさッと突き刺さったのだ。

「あぁっ」

お艶は、のけぞって飛び退がったが、怪四郎は動かなかった。お艶の悲鳴で、ゆっくりと顔を上げ、右手を伸ばして、畳の上に突き刺さっている手裏剣を引き抜いた。

怪四郎は、手裏剣がどこから飛んできたか、外を見やろうともしない。動ずる気配もなく、苦しげな息の下から、

「結び文だ」

と、うめくように言った。

その手裏剣には、文が結びつけられていたのである。怪四郎が文を広げると、お艶が、こわごわ覗きこむ。そして語尾を慄わせながら、文を読み上げた。

「近日中、お命いただきに推参、鬼形主膳」

2

「どうだ、うまくいったか？」

主膳が、マムシの源吉に訊いた。

「へい。築山のうしろから、そっと窺うと、怪四郎のやつ、真っ昼間から、ニチャニチャと女といちゃついていやがるんで……そこへ、びゅッと手裏剣を投げこんできやした」

と、源吉は得意顔で言って、

「ところで、親分、いつ、怪四郎をおやりになるんで？」

「あす、心中屋敷へ乗りこんでいって、斬る。今日は、お雪だ、お雪をここへ連れてこい」

「へい」

源吉は部屋を出ていったが……しばらくすると、スットビの亀と二人で、お雪をこの主膳の居間へ引っぱってきた。

「口を割ったか？」

主膳が亀に訊くと、

「強情な女《アマ》ですぜ。なかなか白状しませんや」

亀は、お雪の横顔を睨んだ。

「すわれ」

主膳の声で、お雪はペタリとすわりこみ、怯えた目で、主膳を仰いだ。着物は着崩れ、頭髪はガクッと傾き、後れ毛が、頰に乱れている。ひどくやつれて見えた。豊満な肉体の持ち主だから、そのやつれたところが、色っぽい、情事のあとを思わせるのだ。

——半刻ほど前に、お雪は、この鬼形屋敷へ無理矢理に連れこまれたのである。

亀や源吉ら、数人の子分たちが、花川戸のお雪の住居へやってきて、抵抗するお雪を、ワッショイ、ワッショイと、まるで御輿《みこし》を担ぐように、外へ運び出したのだ。板前の清吉が包丁を振りかざして、向かっていったが、無駄であった。弥次馬も、誰一人として、お雪を助けようとしなかった。それゆえ、お雪は、駕籠の中へ押しこめられ、この鬼形屋敷へ運びこまれてしまったのだ。

そして、それから半刻……。

「アユはどこにいるんだ?」

「鮎太郎の隠れ家はどこだ、鮎太郎は、どこにいやがるんだ? 言え、言わねえか!」

お雪は、亀や子分たちに、さんざん責めつけられたのだった。お雪が、鮎太郎は大川へ沈んでしまったと、ほんとのことを言っても、子分たちは、受け付けない。

「アユが大川へ沈むものか、ふざけたことをぬかしやがる。おめえが、アユのやつを隠したのに違いねえんだ、言えっ!」

「鮎さんは、大川へ沈んだきり……」

「まだ言いやがる、嘘をつくと承知しねえぞ、さア、白状しろ！」

「でも、鮎さんは……大川へ……」

何度くり返して訊《き》こうと、責めたてようと、お雪の答は、いつもおなじだ。真実を言っているのだから、変わらない。そこで、とうとう主膳の前へ引っぱり出されて、親分直々の吟味となったわけだ。

そしていま、主膳は、お雪の前に立ちはだかっている。

主膳は、嫉妬で狂っていたのだ。たとえ、お雪を手籠《てごめ》にしようと、鮎太郎を斬ってしまわなくては、嫉妬がおさまらない。お雪に欲情を覚えるより、憎悪を感ずるのだ。もはや、主膳にとって、お雪は魅惑的な存在ではなくなっていた。だから、主膳は残忍な目で、お雪の白いうなじを睨み据えているのだ。

「真実を言わぬと、ひどい目にあうが、よいか？」

「鮎さんは、亀山藩の家老に鉄砲で撃たれて大川へ……」

お雪の答は変わらない。

「よくもぬけぬけと、作りごとを……この主膳がだまされると思うか、たわけめっ」

「嘘ではありません、鮎さんのお通夜を……」

「黙れっ、黙れっ……痛い目にあってもよいのか？」

主膳は、お雪の頭上へ怒声を叩きつける。お雪は、いま一度、哀願するように主膳を見上げた。が、無慈悲な主膳の目を見て、哀願しても無駄と、すぐに顔を伏せてしまった。お雪はもはや、抗弁《こうべん》する気にもなれなかった。

「どうだな、お雪？」

と、主膳は急に口調を変えた。

「鮎太郎の居所さえ言えば、すぐにも、この屋敷から出してやるし、おまえが望むなら、かわいがってもやろう……痛い目をみるか、いい目をみるか、どちらがよいのだ？」

「……」

「返答しないのか、命がけで鮎太郎をかばうほど、おまえは鮎太郎に惚れているのか？」

「……」

「痛めつけられて、命を落とすことになるかもしれぬ。死んでしまっては、鮎太郎に逢うことができぬぞ。ここは鬼形屋敷、おまえが、いくら叫ぼうと泣きわめこうとも、誰も助けにはこない」

主膳が、いくら脅しつけても、お雪は答えない。うつむいたきりだ。

「うーむ、強情なやつめ……着物をはげぇ」

主膳の命令で、源吉が、お雪の帯をグイとつかんだ。

「ああっ」

お雪が、悲鳴をあげ、解かれまいとして、両手で抱えこむように帯を押さえると、源吉がお雪の背中へ飛びついていって、すばやく、ほどき……帯の端をつかんで、ぐいっと力いっぱい引っぱった。

お雪は横ざまに倒れて、ゴロゴロゴロッと畳の上を転がっていった。着物の裾が開いて、白い脛《すね》、むっちりとした太股の奥まで、露わになる。

帯を解かれ、あわてて着物の前をかき合わせるお雪に、今度は、亀が飛びかかっていった。

「ああっ、い、いけません、許して……」

哀願も虚しく、お雪は亀に着物を脱がされてしまった。次は源吉の番で、グイと襟元をつかまれて、長襦袢《ながじゅばん》をはがされてしまう。そして、肌襦袢も……。

お雪の身につけているのは、湯文字だけだ。むっちりとして、肉づきの豊かな上半身が、むき出しになる。お雪は、ピタッと膝を合わせてすわり、両手で胸のふくらみを押さえた。

主膳は、お雪の胸の隆起を覗きこみながら、

「どうだ、お雪……これでもまだ、鮎太郎の隠れ家を言わぬか?」

「……」

「あと一枚……はいでもよいか、最後の一枚をはがれてもよいのか？」

「鮎さんは、ほんとに大川へ沈んだきり、浮かんでこないのです……嘘じゃありません」

お雪が、いまにも嗚咽《おえつ》をもらしそうになって、声を慄わせると、

「うーむ、まだ口を割らぬか……強情なやつめ、あとの一枚もはいでしまえっ」

と、主膳の怒声が飛んだ。源吉と亀は、一瞬顔を見合わせて、ためらったが、親分の、ぞうーッとするほど残忍で非情な顔を見ると、源吉がすすみ出て、

「それだけは、かんにん……あっ、ああっ……許して、許して下さい」

泣き声をあげて逃げようとするお雪の肩を、トンと右手で突いた。

「ああっ……！」

お雪は、体をくの字に折り曲げて、畳の上に転がる。転がったとたんに、ぱッと湯文字が開いて、その湯文字の端を、すばやく源吉がつかんだ。そして次の瞬間には、赤い湯文字が源吉の手に残って、クルッと卵をむいたように、お雪の真っ白い臀部が現われた。

剣魔推参

1

江戸っ子が食いやすいウナギといえば、まず値の張らない鰻飯《うなぎめし》だろう。一杯六百文くらいであった。この頃、ウナギを食うのと、駕籠に乗るのを、贅沢《ぜいたく》と称したが、贅沢といったところで、夏の暑い盛りになると、ウナギを食って精力をつけないと、とても、体がもたない。

怪四郎は、胸を患《わずら》っていたから、特に栄養が必要であった。しかも、ウナギが大好物、三日に一度は、かならずウナギを食う。今日も、蒲焼《かばやき》と、肝焼きを肴《さかな》に、一杯ひっかけようと、フラリと、いきつけの花川戸の鰻屋に立ち寄った。

「脅迫状とは、しゃらくせえ真似をしやがる。こちらから、乗りこんでいって、鬼形主膳を斬ってやろう……人が斬りたくてムシャクシャしているところだ、主膳のやつを叩き斬りゃ、せいせいすることだろうぜ」

怪四郎は、ウナギで精力をつけてから、鬼形屋敷へ斬りこむ魂胆《こんたん》であった。

ところが、鰻屋の店先へツカツカと入っていくと、怪四郎は、いきなり声をかけられたのである。

「旦那ァ、怒の旦那ァ」

声のしたほうを見やると、銀次が鰻飯をパクついている。目のふちが、黒ずんで、ひどく消耗している様子。

「おっ、銀の字か」

怪四郎は、土間で、銀次と向かい合って腰掛けに尻を載っけた。それから、蒲焼に酒……と、女中に注文する。銀次はすでに、ウナギ飯三杯と、肝吸二杯をたいらげていた。

そしていま、四杯目をパクついているところであった。

「おそろしく、がっついているじゃねえか」

と、怪四郎が言うと、銀次は、あわててウナギを呑みこんで、グッと喉を鳴らし、

「三日三晩、何にも食っていねえんですからね、がっつくのも無理ありませんや。ウナギがヌルヌルヌルッと止処《とめど》なく腹ン中へすべりこんでいきやがるんで」

「三日の間、亀山藩の上屋敷にひそんでいたのか?」

「へい。昼間は天井裏にこもっていて、夜になると、下へ降りていって、仕事に取りかかるんですが、べらぼうに広い御殿で、こんどは、ちょいと手こずりやした」

銀次は、得意の表情で言葉をつぐ。

「驚きましたねえ、あそこの殿様は、鮎旦那にそっくりなんで……しかし、悪いやつの顔も覚えてきやした。つまり、悪人の筆頭は、家老の岩淵兵部というやつ、つぎに鮫島又内、小野市之助。この三人が、鮎旦那の敵ということになりやす。お家騒動というほどのものじゃねえが、ちょいとした陰謀ですね」

蒲焼と徳利が運ばれてきて、怪四郎は猪口《ちょこ》を取り上げた。銀次は、鰻飯を食い終わって、お酌にまわる。店の土間にいる客は、四、五人。

「首尾は、どうだ?」

蒲焼を、ひとくちパクリとやってから、怪四郎が訊いた。

「なかなか家老の間が見つからねえんで、手間取りやしたが……首尾は、じょうじょう細工はりゅうりゅう、へい、ごらんの通りで……」

銀次は、腰掛けの上に置いてあった、風呂敷でくるんだ、長いものを取り上げて、怪四郎の前に差し出した。怪四郎が箸を置いて、その風呂敷を開く。

古風な糸巻太刀、古備前信房の名刀であった。

怪四郎は、鞘を払って、じぃーっと刀身を見つめる。店の客たちは、おどろいて、怪四郎に視線をあつめたが、怯えて、すぐに目をそらせた。

「どうです、旦那？」

「こいつは、斬れそうだ、斬ってみてえな」

——二尺八寸の長刀である。

むかし、織田信長は、徳川家康と同盟を結び、武田勝頼《たけだかつより》を滅ぼして、凱旋《がいせん》の帰途、徳川の老臣、酒井忠次《さかいただつぐ》の居城墨俣城《すのまた》で、大いに戦勝を賀した。その酒席で、信長は手ずから佩《はい》刀《とう》を忠次に与えた。この時、忠次に与えた佩刀が、この太刀と同じの古備前信房であったと伝えられている。

怪四郎はいま、その古備前信房の名刀を手に入れたのだ。しばらく、食い入るように、じぃーっと、その刀身を見つめていたが、やがて、パチッと鍔を鳴らした。

「おまえに、この刀をやろう」

怪四郎は、はげちょろけの朱鞘を、鞘ごと腰から、引っこ抜いて、銀次に手渡し、糸巻太刀をズンと腰に落としこむ。それから、グイと猪口を一息に空け、蒲焼をガブリとやった。脂の乗ったところが、舌の上でとろけて、喉から胃へスルスルとすべり下りていく。

「出かけようぜ、銀の字」

「へい」

勘定は、銀次が払って、二人はフラリと通りへ出た。

「暑いな」

怪四郎が、ポツリと言って歩き出す。

「旦那、どちらへ？」

と、銀次は肩を並べながら訊いた。

「この太刀の斬れ味がみてえ。こいつを、さッと一振りすりゃ、首がすっ飛び、胴なら輪切りだ。これからすぐ、斬らせてもらいにいこうじゃねえか」

「そうだ、そうこなくっちゃいけねえや。早いとこ仇討をやらねえと、鮎旦那が極楽へいけませんからね」

怪四郎の腰には糸巻太刀、銀次の腰には、はげちょろけの朱鞘がおさまっている。二人は、駒形町の方へ、ゆっくりと歩いていく。

「おれは、これから鬼形主膳を斬りにいく」

「えっ、すると、鮎旦那の仇討じゃねえんですかい、亀山藩の上屋敷へ斬りこまねえんですかい？」

怪四郎の言葉に、銀次は、ちょいと色をなした。苦心さんたんのあげく、やっとの思いで、糸巻太刀を盗み出したのだから、すぐに仇を討ってもらいたい銀次だ。助太刀を買って出るつもりで、気負いこんでいるのだ。

「いったい、どうしたわけで、鬼形のやつを斬るんです？」

と、銀次は納得のいかない顔つき。

「鬼形から——近日中、お命いただきに推参、という脅迫状を受け取った。子分や用心棒を斬られた仕返しというわけだろう……だから、おれは先手を打って、鬼形屋敷へ斬りこむ」

「ちょっと、待って下さいよ、旦那……」

銀次は、せきこんで言った。

「鬼形を斬ることより、鮎旦那の仇討ちの方が先決問題ですぜ」

「しかし、鬼形屋敷は、ついそこの駒形町にある。道順からいったって、鬼形を先に斬らざなるめえ」

「あっしは、いますぐ、上屋敷へ乗りこんでいって、悪家老の一味をスパリと斬りてえ」

「どうやら、意見が食い違ったらしいな……太刀を盗み出したのは、おめえだ、だから、おめえの言うことも聞いてやりてえが、おれは、直心影流の遣い手と評判の鬼形が斬りてえ、腕の立つ、手ごたえのあるやつと立ち合ってみたくてならねえんだ」

「そいじゃ、こうしたらどうです」

「どうする？」

「あっしが草履を蹴り上げる。草履の表が出たら、鮎旦那の仇討ち、もし、裏が出たら、鬼形を斬る……ということにしたら？」

「よかろう。明日天気になアれ、という具合だな」

「へい。子供が下駄でやる、あの調子で……思い出すなア、ガキの頃を、あの頃は、あっしも純真でしたがねえ」

こう言って、銀次が足を止める。怪四郎も立ち止まった。大川橋のたもと、過日、怪四郎が鬼形の用心棒を斬ったところだ。

「いいですか、旦那……表が出たら、鮎旦那の仇討ち、裏が出たら、鬼形を斬る」

銀次は、いま一度念を押して、ぱッと右足を蹴り上げた。足を離れた草履は、青い空に向かって、クルクルクルッと、舞い上がってゆき、弧を描いて、クルクルと落ちてくる。

その草履が、パタッと地面へ落ちた時であった。

十数人の武家の一団が、バラバラバラッと走り寄ってきて、二人をグルリと取り囲んだ。

2

怪四郎と銀次を取り囲んだ武家の一隊は、亀山藩の家中の者たちであった。鮫島又内と小野市之助、そしてその輩下であった。

——今朝、家老の岩淵兵部は、糸巻太刀を盗まれたことに気づいて色を失った。

「鮎太郎が生きていて、盗み出したのではなかろうか?」

兵部は、陰鬱《いんうつ》な表情で考えこんでしまった。しかし、いくら考えこんだところで、盗まれた太刀が戻ってくるわけはない。そこで兵部は、

「糸巻太刀を探し出せ、町役人の手を借りてはならぬ。もし太刀を差している鮎太郎に出会ったら、すぐに斬れい」

と、又内や市之助ら腹心の部下に命じたのである。即刻、糸巻太刀探索の一隊は、町中へ飛び出していった。

町中へ、どっとくり出した探索隊は、手分けをして探しまわったのだが……幸運なるかな、いま大川橋のたもとで、その糸巻太刀を見つけたのである。

だが、糸巻太刀を差していたのは、鮎太郎ではなく、怪四郎であった。

「うふっ、こうこなくっちゃおもしろくもねえ。野郎ども、群がってきやがったな」

怪四郎は、亀山藩のめんめんに取り囲まれ、頬をゆがめてニヤリとした。銀次は、さっと横っ飛びに飛んで、すばやく危険地帯を脱出する。又内、市之助をはじめ、亀山藩の連中は、すでに殺気立っていた。その殺気を、怪四郎は、不敵に楽しみ、目に光が萌《きざ》す。かァ、ペッと地面に痰を吐きつけて、糸巻太刀の柄頭を左手で押さえた。

「池鯉鮒の宿で、わが藩の山西伝蔵を斬ったのは、こやつだ」

市之助が声を張り上げた。その市之助を又内が目で制して、

「その太刀を、どこで手に入れた？」

と、低い声で怪四郎に問う。

「この古備前信房に聞いてくれ」

怪四郎は、突っぱねる。

「信房の古刀は、わが藩にとって貴重なもの……即刻返していただきたい」

「返さぬと言えば、どうなるんでえ？」

「斬る！」

又内が、決然と言い放つ。

「斬り殺して、奪いとる」

「ほう、おもしれえな。すぱァと斬ってもらおうじゃねえか、斬ってくんねえ」

怪四郎は、円陣の真ン中に、ユラリ立っている。長身痩軀が、フワリと浮かんでいる、そんなスキだらけのかまえ。

夕立でもくるのか、灰色の雲が、頭上に広がりはじめ、さっと吹き抜けていく風が、怪四郎の着物の裾をなぶる。そのたびに、細い毛脛《けずね》が、にゅうーっと現われる。

「斬る」

と、又内が凄んだ。

「山西伝蔵の敵《かたき》っ、覚悟せいっ！」

市之助も叫んだ。その声と同時に、ギラッギラッと、亀山藩のめんめんが抜刀する。

「いいカモだ。この信房の斬れ味を試すには、もってこいじゃねえか。斬れるぞ、こいつア……命のいらねえやつから、かかってきやがれっ」

ついに怪四郎は、二尺八寸の長刀をスラリと抜き放った。ペッと柄にしめりをくれて、

「遠慮はいらねえ、どうンと、こい！」

白刃を手にすると、怪四郎は颯爽たる男っぷりだ。しかも、いま手にする大刀は、古備前信房の名刀。

「どうした、おじけづいたか……卑怯者っ」

久しぶりに聞く怪四郎の叱咤。ウナギを食ったせいでもあるまいが、今日の怪四郎は、いきいきと精気あふるるばかりだ。その瞳は、ますます妖しい光を放って、爛々《らんらん》と燃えているかのよう。

亀山藩のめんめんは無言。十数本の白刃は、まるで生きもののように、怪四郎に向かって伸びてくる。肩口を狙い、胴を狙い、喉を狙い、籠手を狙って、切っ先は、ジリジリジリッと怪四郎に迫ってくる。——が、誰一人として、斬って出ようとするものはない。幽鬼のような怪四郎に恐れをなしたのか、それとも、古備前信房の太刀で斬られてはならぬと考えたのか。

弥次馬が、遠く離れて観戦しているが、彼らが期待するように、なかなか乱闘がはじまりそうにない。そのくせ、切迫した気配、息づまる殺気は最高潮なのだ。いま斬るか、いまに斬られるかと、弥次馬は手に汗を握っているのだ。

「おう、腰抜けども、かかってこねえのか？　おれを斬らねえと、この太刀をとることはできねえんだぜ。人生五十年、十年や二十年長生きしたところで、大した違いはあるめえ、度胸をすえて、さっさとかかってきやがれっ」

怪四郎は相手の敵愾《てきがい》心をあおるように言うが、自分の方から斬って出ようとはしない。いつの場合にも、己の方から斬りかからない男だ。非情で虚無的な怪四郎にも、ちょっぴり良心があるのかもしれない。

「盗人の分際《ぶんざい》で生意気なっ！」

正眼にかまえたまま、又内が言った。

「泥棒は、おめえのほうじゃねえか？　鮎どのを短銃で撃って、大川へ沈めてから、この太刀を盗んだ野郎は、いってえ、どこのどいつだ」

「うぬっ、雑言許せぬ、黙れっ！」

又内にすれば、怪四郎がここまで知っているとは、あまりにも意外、予想だにしなかったにちがいない。狼狽《ろうばい》し、切っ先を慄わせて、わめいた。その時、

「やいやいやいっ、おいらア、白魚の銀次てンだ！」

突然、銀次が亀山藩のやつらのうしろで、突拍子もない声を張り上げて、ギラリと、はげちょろけの朱鞘をひっこぬいた。ねじり鉢巻、諸肌脱ぎだ、ひどく気負いこんで、目尻を吊り上げている。

双方とも、刀をかまえて対峙したまま、なかなかチャンバラをはじめないので、銀次はいらいらし、思わず大声で名乗りをあげてしまったものらしい。

「鮎旦那の敵《かたき》っ、叩き斬って、大川へ放りこんでやるから、覚悟しやがれ、おっちょこちょいの、オタンコナスめっ！」

銀次は叫んだかと思うと、亀山藩のめんめんのうしろへ、白刃を振りかざして、だッと斬りこんだ。むちゃくちゃの度胸剣法。だが、その勢いは凄まじかったから、亀山藩のやつらは、ふいをつかれて、

「ああっ！」

「何者だっ！」

さっと円陣の一角が崩れて、ぱっと左右に開いた。その空間を、銀次は真一文字に突き抜けていき、

「旦那、助太刀しますぜ、あっしにも斬らせておくんなせえ」

怪四郎と背中合わせになって、刀をかまえる。

「助太刀はいらねえぜ、銀の字」

怪四郎は白刃を右手で、ダラリと提げたスキだらけのかまえで、背中の銀次に言う。

「そんなこと言わねえで、斬らせておくんなせえよ」

「斬れるか。相手は動くんだぜ、生きていやがるからな」

「ウナギだって、生きているやつを料《や》るんですぜ、おまけに、ウナギのように骨のあるやつはいねえ」

「ウナギは骨だけになっても、動いているからな」

「へい、まったくで、そいじゃ、ボッボッ斬らせていただきます」

銀次の口は達者だが、目は血走っていた。相手は武家、一応剣術を心得ている連中だ。無鉄砲な銀の字も、慎重に正眼のへっぴり腰。

亀山藩の面々は、ふたたび円陣を敷いてかまえを立て直す。

「ええいっーっ」

一人のやつが、大上段から銀次の真っ向へ、さっと斬りこんだ。

いけねえ！　銀次はのけぞって、あやうく切っ先をかわす。

その時であった。亀山藩の連中のうしろから、ふいに声が飛んできた。

「狼藉はならぬ、双方とも刀を引け、刀を引かぬかっ」

声の主は、二本差。瀟洒《しょうしゃ》な夏羽織で、ゾロリとした着流し、その雪駄履き。一見して八丁堀の与力《よりき》とわかる風体の二十七、八歳の男であった。

「拙者は八丁堀の与力、堀田十次郎《ほったじゅうじろう》と申す者、白昼の狼藉を見逃すことはできぬ。刀を引かれい」

堀田十次郎と名乗った与力が言った。

「邪魔が入った、やむをえぬ、引きあげろ」

又内の命令で、亀山藩のめんめんは、白刃をおさめると、一団となって走り去っていく。

「いけねえ、旦那、ええやつがとび出してきやしたぜ」

パチッと鍔音を鳴らして、銀次が言った。怪四郎は、与力の顔を見て、ニヤッと笑いかけた。

大川端の鬼退治

1

それから半刻ほどたって、怪四郎、銀次、与力の堀田十次郎の三人は、柳橋の茶屋《ちゃや》で、顔を合わせていた。

茶屋といっても、酒席だけで、待合《まちあい》ではない。いまの待合に類するものは、この頃、出合《であい》茶屋と呼ばれていた。恋人同士が出会うという意味なのか、だが、そうした詮索はともかくとして、与力と殺し屋と巾着切りの組み合わせは、少しおかしい。

「へーえ、怒の旦那は、与力の旦那をご存知だったのですかい」

銀次は、よほどおどろいたらしい。目を丸くして、怪四郎と十次郎の顔を見比べるのだった。

「こちらは、白魚の銀次という兄いだ。巾着切りも泥棒もやるが、悪気のある男ではない、ようく顔を覚えておいておくれ」

怪四郎が、そう言って、十次郎に紹介する。

「怒の旦那も、人が悪いなア。何も、あっしの本職まで言わなくたっていいじゃありませんか」

ちょいと銀次はむくれ気味だったが、

「へい、銀公というつまらねえ野郎で、べつに、悪気があって泥棒をやっているわけじゃねえんですから……ごかんべんを」

と、十次郎に向かって、神妙にお辞儀をした。十次郎は、ニヤニヤ笑いながら、うなずいている。

「しかし、怒の旦那はどうしたわけで、与力の旦那をご存知なんで？」

腑に落ちないといった顔つきで、銀次が質問すると、怪四郎に代わって、十次郎が答えた。

「怪さんと拙者とは、幼友達、しかも、二人は同じ道場へ剣術の稽古に通っていた。怪さんは、いまは無宿者だが、生まれながらの無宿というわけではない」

「へーえ、昔なじみですかい……驚きやした、人は見かけによらぬものですねえ」

銀次が頓狂な声を出し、十次郎は言葉をつづける。

「怪さんは、旗本百五十石の次男坊だ。もっとも子供の頃から、ひどい暴れん坊だったが……いまから六年前のことだった。蒸し暑い夏の夜、怪さんは朋輩《ほうばい》に喧嘩を売られて、その朋輩を一刀のもとに斬りすてた。その時、怪さんは酔っぱらっていて、その男を斬った……斬られた男は腕自慢のやつだったが、怪さんには敵わなかった」

「怒の旦那は強いですからねえ……誰だって勝てるはずはねえ」

「その男を斬って以来、同輩たちは、魔剣の持ち主と怪さんを恐れて寄りつかなくなってしまった。怪さんは、ズルズルと身を持ち崩してしまい、勘当されて家出をしたあげく、とうとう無宿になってしまった」

「へーえ、するてえと、怒の旦那は毛並みがいいんですねえ」

銀次は、顎を引いて感嘆の風情。話しおわって、十次郎は、グイと盃を空け、

「しかし、怪さんと、こうして飲むのは久しぶりだなア」

「二年ぶりか」

怪四郎は、ポツリと言った。

「怪さんの塒《ねぐら》がわからないから、なかなか逢うことができない。ところが、今日は偶然、逢えて何よりだった」

と、十次郎は、怪四郎の顔を見つめて、

「少しやせたようだが、身体の具合はどうだ？」

「どうせ、長くはないだろう」

怪四郎は、自嘲を浮かべる。

「無理をしないほうがいいな、いま死んだらつまらない」

怪四郎と十次郎は親友であった。いまも二人の友情は変わらない。十次郎は、とくに友達思いの男なのだ。それゆえ、親身になって忠告するのだった。

「おれが死んだところで、誰も泣くやつはいない……心中屋敷の松の木で、蟬が鳴くだけだ」

吐き出すような怪四郎の言葉に、銀次が口をはさんだ。

「だけど、お艶姐御が泣きますぜ、姐御は、だいぶ怒の旦那によろめきかけておりますからね」

「ほほう、怪さんにいい女《ひと》ができたか……いいことだ、いい傾向だ。女に惚《ほ》れられ、すがりつかれると、だんだん命が惜しくなってくるものだ、自重するんだな、そして人生を楽しむことだ」

十次郎が、しみじみとした口調で言う。友人に対する愛情が、その声音にあふれているのである。

「しかし、おれのような男が一匹や二匹死んだところで、世の中は変わるものではない。人間が死のうと生きようと、夏が過ぎると、秋がやってくる。自然なんてそんなものだ。誰だって、明日のわが身を知るものはない。明日は明日の風が吹くというが、ある男にとっては、明日の風が吹かないかもしれぬ……だから、おれは、はじめから死んだつもりで、その日その日を、気ままに過ごしている。こうして酒を飲んでいるおれは、すでに死骸と同じようなものだ」

めずらしく、怪四郎の口から、やくざ口調が飛び出さない。そしてその言葉のように、怪四郎の目は虚ろであった。

2

「ところで、怪さん……」

十次郎が、盃を置いて言った。

「今日は、どうしてあの武家たちと喧嘩になったのだ？　怪さんの腰のものは古風な糸巻太刀……これもおかしい、どうしたわけだ？」

「この太刀のために、どうやら、大名のお家騒動に巻きこまれてしまったらしい」

怪四郎は、例のしわがれた声で答えた。銀次は与力と同席だから、柄になくかしこまって、二人の会話に耳を傾けている。

「どこの藩だ？」

十次郎は、重ねて訊いたが、ふと思い直したように、

「いや、訊くまい、訊かないでおこう。大名のお家騒動には関係のないことだ」

「おぬしの訊きたいのは、何だ？」

今度は、怪四郎が反問する。

「実は、辻斬りのことなんだが……」

「何人か殺《や》られているらしいな？」

「うん、いずれも、あざやかな袈裟斬りの一太刀で命を絶たれている。試し斬りではなく、斬り取り強盗だ」

「おれも袈裟斬りが得意だ……」

「いやいや、だからといって、怪さんの仕業とうたぐっているわけではない。もっとも、はじめのうちは、殺し屋の怒怪四郎という男ではないかと、同役の間で取沙汰されたこともあったが……やがて、怪さんの仕業ではないとわかってきた」

「下手人の心当たりはあるのか？」

「ないこともない」

と、十次郎の言葉には含みがある。その時、黙って聞いていた銀次が、せきこんで口を出した。

「あっしは、その辻斬りの現場を、この目でしかと見ました」

「何っ、目撃したと?」

十次郎が、キラと目を光らせる。

「へい」

「その時の様子を詳しく話してくれ」

「三日前の晩でした。あっしは、フラリフラリと夜ふけの大川端を歩いておりやした。するてえと、チャラリチャラリと雪駄の音が聞こえてきて、宗十郎頭巾が現われました……」

と、銀次は言葉をつづけて、

「あっしが天水桶のうしろに隠れて見守っていると、その宗十郎頭巾は、すれ違いざまに、番頭風の男をスパッと斬りやした。そして、倒れた男の懐から、財布を抜き取ってスタスタと歩き去っていくので、あっしは、そのあとをつけました。しかし、残念でした。とてもいけません……宗十郎頭巾は、あっしにつけられているのを知っていたとみえ、三味線堀の路地で待ち受けていて……あっしは危うく斬られそうになり、夢中で逃げ出しましたが、その斬りつけられた時の、剣風の凄いの凄くないのって、あっしは、ぞうーッと鳥肌立ちやした」

「銀の字が慄え上がるところを見ると、よほど腕の立つやつだ」

と、怪四郎。

「その宗十郎頭巾に、何か特徴はなかったか？」

と、十次郎が訊いた。

「凄くでっけえやつで、六尺くらいの大男でした」

「ウーム。すると、やはりあの男の仕業か……」

十次郎が、腕をこまぬいて、視線を宙にすえると、

「その男は何者だ？」

怪四郎が、するどく問いかけた。

「武家崩れのやくざで、鬼形主膳という男だが、召し捕るにも証拠がない」

「おれが主膳を斬ろう」

ズバリと、怪四郎が言い放つ。

「怪さん、それは無茶だ、無法だ」

と、十次郎はあわてて押さえる。

「おれは、主膳から……お命いただきに推参という、脅迫状を受け取っている。だから先手を打って、こちらから、鬼形屋敷へ乗りこんでいく」

「わざわざ、命を捨てにいくようなものだ。百人に近い子分を、抱えているという噂だから、怪さん一人では、勝負にならない、よしたほうがいい、自重してくれ」

「捨てたところで惜しい命じゃねえ。たまには、いやというほど斬ってみてえ」

「よせよ、怪さん……何とかいう、姐御を泣かせちゃ、かわいそうじゃないか」

「なアに、鳴くのは、ジィー、ジィーと、油蟬だけだ」

怪四郎は、いまにも糸巻太刀をつかんで、立ち上がりそうな気配。

「とにかく、やめてくれ。怪さんが無法に斬りこむのなら、拙者も役目柄、手をこまぬいて、見ているわけにはいかぬ」

十次郎も与力だ。はじめて役人らしい口ぶりで、キッパリと言った。

「与力の旦那の忠告を聞いて、今日のところは、あきらめましょうや」

と、銀次も口を添える。

「うむ――」

怪四郎は、しぶしぶうなずいた。二年ぶりに会った親友十次郎の忠告を聞き入れて。

そこで三人は、腰を落ち着け、あらためて飲みなおした。盃を重ねるにつれて、怪四郎の目から殺気が消え失せてゆく。それから一刻ほどたって、三人が茶屋を出た時には、頭上に星がまたたいていた。暑さのきびしいせいか、星が赤く見える。

両国橋のたもとで、十次郎と別れて、怪四郎と銀次は、フラリフラリと心中屋敷へ戻った。

ところが、屋敷は深閑としていて、人の気配がない。安も辰も、お艶の姿も見当たらない。怪四郎と銀次は、暗い部屋へ入っていった。そして銀次が、カチカチカチッと火打を鳴らして、行灯に灯を入れると、その行灯の胴に、

「女をいただいておく、主膳」

と、太い字で、書きなぐってあったのだ。

「主膳か、しゃらくせえ真似をしやがる。叩っ斬ってやる！」

怪四郎はうめいて、おっとり刀で部屋を飛び出そうとした。

「待っておくんなせえ、旦那、殴りこみは明日にしましょうや、酔っぱらって斬りこんで、命を落としちゃつまらねえ……明日という日があるんですぜ」

銀次は、怪四郎の袖をつかんで引き留めた。

「おれには、明日という日がねえかもしれねえ、はなせっ」

しかし、いつになく怪四郎は酔っていた。銀次に袖をつかまれ、引っ張られて、ドタリと畳の上へひっくり返ってしまった。

虚無僧《こむそう》

1

「世の中が、だんだん、物騒になってきましたね」

「辻斬り強盗のことですかい？」

「辻斬りも辻斬りだが……花川戸のおかめという居酒屋をご存知ですか？」

「ああ、知っていますとも、あそこの女将は、べっぴんと評判ですからね」

「その女将が、大変なことになったので……お雪という年増なんだが」

「あのお雪が、どうかしましたか？」

「昨日のことですがね、鬼形一家のならず者たちが、白昼、お雪をひっさらっていったそうで……いやがる女を、手取り足取り、ワッショ、ワッショと担ぎ出して、駕籠に押しこんで、さらっていったそうですよ」

「へーえ、ひどいことをするものですねえ」

「まったく、鬼形一家は鬼のようなやつらの集団です」

「そんな悪いやつらを、どうして町方役人は召し捕らねえんです?」

「さあ、そこまではわかりませんな」

「ところで、さらわれたお雪という女は、いったい、どうなったので?」

「何でも、親分主膳の手ごめにされたという話です。鬼形屋敷の中から、何度も何度も、女の悲鳴が聞こえてきたそうで……」

背負い荷の煙草屋らしい男と、商家の番頭風の男は、弁当を食べおわって、さっきから世間話に余念がない。

両国橋に近い、よしず張りの茶店の中である。

客はこの二人のほかに、虚無僧《こむそう》が一人、出口に近い床几《しょうぎ》に腰をかけていた。茶店のおやじが茶を運んでいっても、飲もうともしない。天蓋をかぶったままだ。

しばらくして、背負い荷の煙草屋らしい男が店を出ていくと、虚無僧も、ゆっくりと立ち上がって、通りへ出、浅草の方に向かって、スタスタと歩きはじめた。

天蓋をかぶり、袈裟をつけ、尺八を持って、懐剣を差している。整った身なりだ、しかも、かなりの長身である。まるで草双紙や芝居で見るような虚無僧姿であった。

この虚無僧は、尺八を吹いて、報謝を求めようとせず、足早にズンズン歩いていって、やがて、天王橋を渡って、片町へ。ますます足を速める。

――さて、舞台は変わって、ちょうどその頃、心中屋敷では、怪四郎が蒲団の上に、むっくりと起き上がった。

「おはようござい」

と、銀次が隣の部屋からやってきた。気をきかせたつもりなのだろう、右手に貧乏徳利をぶら提げている。

「ウム」

バサバサに伸びて、額にたれかかった頭髪をかき上げながら、怪四郎は、陰鬱な表情だ。宿酔《ふつか》いなのだ。ぼわーンと頭が重く、胸がムカムカする。

「迎え酒だ」

と、銀次の差し出す貧乏徳利をとって、ガボッ、ガボッ、ガボッとラッパ飲み。そして、徳利を口から離したとたんに、ゴボッ、ゴボッと顔面を真っ赤に染めて、激しく咳きこんだ。咳きこんだあと、ペッと懐紙に血痰を吐きつけた。その血痰の色は、いつもより赤い。

「大丈夫ですかい、旦那？」

銀次が心配そうに怪四郎の顔を覗きこむ。怪四郎は、うつむいたまま、肩であえいでいる。苦しくて、声が出ないものらしい。

「思いとどまっておくんなせえ」

「鬼形屋敷へ斬りこむのを、よせというのか？」

怪四郎は、かすれた声でうめくように言った。

「旦那の強いのは、よおくわかっていますが、その体じゃ無理だ。おまけに、鬼形一家の子分は百人という噂。いくら斬りまくったって、斬れるものじゃありません」

銀次は、まるで哀願するように言う。

「どうか今回だけは諦めておくんなせえ」

「お艶が、かわいそうじゃねえか？」

「やっぱり、旦那もお艶姐御を……」

「うるせえ」

怪四郎は、お艶がそばにいると悪態をつくくせに、離れていると、気がかりになるらしい。銀次に図星《ずぼし》をさされて、照れ隠しに、怒鳴りつけたのである。

「今夜、あっしが鬼形屋敷へ忍びこんで、姐御を助け出します。とにかく、今回はあっしにまかしておくんなせえ」

しかし、怪四郎は、銀次の言葉に耳をかさなかった。無言で、糸巻太刀をつかみ、ユラリと立ち上がった。

「お出かけになるんですかい？」

と、銀次の悲しそうな声。

「誰だって一度は死ぬんだ……」

部屋を出る時、怪四郎が言った。

「旦那、ご遺言は？」

「湯灌《ゆかん》は酒でやってくれ」

2

ざ、ざ、ざァ、ざァーと聖天宮の松の梢を鳴らして、風が吹き渡っていく。梢の間から見える紺碧《こんぺき》の空に、巨人の立ちはだかるような入道雲。その入道雲がみるみるうちにモクモクとふくれ上がる。ざぁっと一雨やってきそうな空模様だ。

この空の下を、怪四郎は、駒形町の鬼形屋敷めざして突っ走る。ザンバラ髪が風にあおられて逆立ち、着物の裾が捲れ上がり、にゅうッと、細い毛脛を出して、糸巻太刀の柄頭を押さえて突っ走るのだ。

宿酔い、おまけに、体が熱っぽい。頭がクラクラとしてきて、目がまわりそうだ。死相を思わせる怪四郎の顔面、だが唇だけが、別の生き物のように赤かった。

鬼形主膳を斬ること。

お艶を助け出すこと。

いま怪四郎の胸の中にあるのは、この二つの目的だけである。悲しげなお艶の顔が、チラッと怪四郎の脳裡《のうり》をかすめる。

「ちっ、おれらしくもねえ、惚れたか？」

お艶のすがりつくような眼差しが、瞼に浮かんできて、怪四郎は、ちッと舌を鳴らした。

怪四郎もお艶も、ともに世間の裏街道をゆく、すれっからしだ。それなのに、一つの部屋で枕を並べて寝ながら、お互いに指一本触れ合ったことがない、つまりは、柄にもなく、プラトニックラブか。

ともあれ、
怪四郎は走った。痩躯を風にあおられて、つんのめるように、聖天宮の境内を駆け抜けた。

　境内を突っきって、聖天町の通りへ出、右へ曲がったとたんに、怪四郎はピタッと足を止めた。八人の武家に、グルリと取り囲まれたのである。

「うふっ、きやがったか、また、ぶつかったか……だがナ、今日は、おめえたちの相手になっちゃいられねえんだ。やいやい、どかねえか、どかねえと、ぶった斬るぜ」

「その太刀を渡せ、おとなしく太刀を渡せば通してやる、渡せえっ」

　怪四郎の前に立ちはだかってわめいたのは、亀山藩の小野市之助。七人の輩下を従えている。今日も、市之助は、家老岩淵兵部の命令で、糸巻太刀を求めて、町中をうろつきまわっていたのだ。すると、いま、うまい具合に、聖天町の路上で、怪四郎に出会うことができたのである。己の手で、この太刀を取り戻せば、加俸はまちがいないところ、出世するのに絶好のチャンスだ。だから、怪四郎の腕を知っていたが、退《ひ》こうとしなかった。

　一人の輩下が、背中を見せて走っていく。八人では危ないと見て、援軍を求めるために駈けていくのであろう。

　市之助は、怪四郎の真っ正面に立ちはだかって、

「太刀をおとなしく差し出すがよい、さもないと、命をいただく……渡せえっ！」

と、甲高《かんだか》い声をあげた。

「しゃらくせえ、取れるものなら、取ってみやがれ」

怪四郎が言ったとたんに、ギラギラギラリと、亀山藩のめんめんが、いっせいに抜刀する。

――古備前信房の名刀が、巷《ちまた》にあるかぎり、兵部ら陰謀組は、枕を高くして寝ることができなかった。この太刀を手にして、鮎太郎と名乗り、六万石を横領しようというニセ者が、現われないともかぎらない。

だから、家老の兵部は、あせっていた、焦躁で神経を尖らせていた。その兵部の心が部下に通じて、怪四郎を取り囲んで刀をかまえる部下たちの顔には、死んでも退かぬという決死の色が見える。

「うおーっ！」

けだもののような叫びとともに、市之助の白刃が、怪四郎の頭上へキラリと打ち下ろされた。

「おっ」

怪四郎は、さッと、ななめに体を開く。かわされた市之助は、眼前に目的物を失い、両手で白刃を差し出したまま、タタタッとおよび腰になった。その市之助へ、キラッと信房の太刀が一閃した。

「あうっ……」

喉の奥から、しぼり出すような呻き声を発して、市之助は砂を噛むように、地面へ転がり、四肢をヒクヒクヒクと慄わせた。血の臭いが、ぷうーンと怪四郎の鼻をつく。

市之助は、ザックリと脇腹を割られていたのだ。パックリと口をあけた切り口から、はみ出した臓腑は、まるでオモチャ箱をぶちまけたよう。乾いた地面に、血があふれ出してみるみるうちに、赤黒い模様を描いて、広がっていく。

「うふっ、こいつア、斬れるぜ。さすがは古備前信房の名刀、ぞうーッとするほど斬れやがるぜ」

血塗られた刀身を見、怪四郎は頬をゆがめて、不気味な笑いを浮かべた。

一瞬、亀山藩のめんめんは、石化したように突っ立ったまま、しゅーンと鳴りをひそめてしまった。

そこへ鮫島又内の率いる援軍が、砂埃をあげて走り寄ってきた。亀山藩のめんめんは、勢いを盛り返し、殺気立ってひしめいた。総勢、ざっと二十余人。

「油断するな、あせってはならぬぞ、落ち着いてかかれえっ」

又内が部下に声をかけて、抜刀する。怪四郎は通りの真ン中に立っていたから、白刃の中心にいるわけで——さっと、太刀を薙《な》いで走ると、白刃の陣も、怪四郎の動きにつれて移動する。亀山藩の者は、誰一人として、積極的に斬って出ようとせず、気合いを揃えて、ジワリジワリと攻めつけてくる。

「こいつは、いけねえ」

怪四郎は胸のうちで呟いた。一刻も早く、鬼形屋敷へ乗りこんでいって、お艶を助け出さなくては、と気ばかりあせるが、斬り合いながら、駒形町まで走るのは、容易ではない。宿酔いで微熱のある怪四郎には、斬りぬけて、突っ走る体力がなかった。

「こうなりゃ、仕方がねえ、この場で斬りまくってやろうぜ……かかってこねえと、こちらからゆくぜ、参らぬか、卑怯者っ」

怪四郎は、糸巻太刀の柄にペッとしめりをくれると、かッと大地に血痰を吐きつけ、

「斬られてえ野郎は、どいつだ？　度胸をすえてかかってきやがれっ！」

グイと片肌脱いで、亀山藩の連中を睨みまわした。その時、

「旦那ァ、がんばっておくんなせいよ。存分に斬っておくんなせえ」

と、銀次の声が飛んできた。

怪四郎に声をかけながら、韋駄天の銀次は、剣陣のうしろを、疾風のように駈けぬけていく——。

「銀次、銀の字。おーい、銀公、頼んだぜ……お艶を」

真昼の脱走

1

──昨日の夜。

お艶は、蒲団を並べて敷いて、怪四郎の帰りを待ちわびていた。そこへ、鬼形一家のマムシの源吉ら五人の子分が、ドヤドヤと踏みこんできたのである。

女郎蜘蛛の姐御は鉄火な女だ。

「何しやがるんだい！」

短刀を振りかざして源吉に向かっていったのだが、やはり女、抵抗はムダにおわって、短刀を叩き落とされ、ギリギリと麻縄で縛りあげられてしまった。いも虫のように縛られて、駕籠の中へ押しこめられ、鬼形屋敷へ連れこまれて、この座敷牢へ投げこまれてしまったのだ。

そしていま、お艶はペッタリと座敷牢の中にすわっている。

三方は壁、一方は、太い格子がはめられていて、昼間でさえ、薄暗いところ。見張りの三ン下はいないが、とても脱出できそうにない、頑丈《がんじょう》な牢座敷だ。畳は敷かれているが、陽の当たらないせいか。ジメジメしていて、カビ臭い。

――が、この座敷牢に幽閉されているのは、お艶一人ではなかった。もう一人女が臥《ふ》せっていたのだ。

いうまでもなく、お雪。

お雪は、主膳に、鮎太郎の隠れ家を教えろと責めつけられ、全裸にされて辱《はずかし》められ、そのあと、この座敷牢に放りこまれたのである。

お雪は長襦袢一枚きりで、湿っぽい畳の上に横たわっていた。一方、お艶は、浴衣がけで、キリリと夏帯を締めている。意気消沈しているとはいえ、小粋な年増らしい艶な姿。

「気を落としてはいけないよ、きっと、誰かが助けにきてくれますからね、しっかりして……」

お艶は、何度も何度も、くり返しくり返し、お雪を励まし、声をかけつづけた。

「ええ」

そのたびに、お雪は、弱々しくうなずくだけだ。後れ毛が頬にへばりついていて、お雪の姿は痛々しかった。主膳、亀、源吉の前で、すっ裸にされたのだから、かなりのショックだったにちがいない。ひっそりと、横になったまま、動こうとしない。長襦袢一枚きりなので、身体の曲線が露《あら》わで、いっそう痛々しく見え、お艶は同情し、はげますのだった。

「いま少しの辛抱ですからね……主膳のやつ、怪さんに斬られりゃいいんだ」

お艶は、怪四郎が行灯の胴に書かれた文字を見、この屋敷へ乗りこんできて、助けにきてくれるものと、信じきっているのだ。だから、怪四郎のやせこけた顔が、脳裡を去らない。しかもこうして、離れ離れになってみると、いっそう怪四郎のことが想われる。じぃーンと胸がしびれてくるようであった。

「お雪さんも、鮎さんのことが忘れられないのね」

いまのお艶は、お雪に少しも嫉妬を感じていなかった。一度は、鮎太郎に憧れたお艶だったが、いまは怪四郎の方が……。

「浮気者なのかしら、あたし」

時々、お艶は、そんなことを考えてみる、そして否定するのだ。いえいえ、あたしは、はじめから怪さんが好きだった、鮎さんには恋というより、憧れただけなんだ——と。

ふいに、格子越しに覗きこんでいる男の顔が見えた。お雪も、人の気配を感じて、はっと顔を上げる。

「おとなしくしているんだぜ、いまに、いい目にあわせてやるからな」

見張りの三ン下であろう、好色な目で、ギロリと二人を見ると、

「こたえられねえだろうな……どちらの女もいかすじゃねえか」

そんな捨て台詞を残して去っていった。その三ン下の足音が消えた時であった。

「姐御、お艶姐さん……」

と、低い声が聞こえてきたのである。が、どこから聞こえてきたのか、お艶には、見当がつかなかった。

「えっ？」

と言ったまま、じいーっと耳をすませていると、

「姐御……」

また聞こえてきた。お雪も、おどろいて起きあがる。

「銀の字かい？」

お艶が声をおさえて、訊き返した時だった。

ギイーと、頭上の天井板が動いて、銀次が、そっと顔を覗かせたのである。ぼんやりと見える顔には、不敵な笑いが浮かんでいるようだ。

お艶とお雪は、同時に立ち上がって、銀次を見上げた。

「怪さん、どうしたの?」

「おいらで、悪かったかい? 旦那は、いま聖天町で、チャンバラの真っ最中なんだ」

銀次の声とともに、スルスルスルッと縄梯子が降りてきた。

2

お艶とお雪は、縄梯子を伝って、天井裏へ上がり、銀次に誘導されて、屋根の上に出た。

銀次は、屋根瓦をはいで、天井裏へ忍びこんだのだった。それゆえ、屋根にポッカリ穴が開いていた。その穴から三人は、つぎつぎに屋根の上に出たのである。

「気をつけねえと、足がすべるぜ」

と、銀次が先に立つ。

足の裏が熱かった。屋根瓦が焼けているのだ。銀次、お雪、お艶の順で、ソロソロとすすんでいく。真っ昼間だから人目についたら、大変と気ばかりあせるのだが、お雪の足も、お艶の足も、なかなかすすまない。しかも、庭の広い屋敷だから、隣の屋根へ飛び移るわけにはいかぬ。この鬼屋敷の庭へ降りるより逃げ道はない。

「ここから、降りるんだ」

銀次が、顎で指した。

そこは庇《ひさし》すれすれに、太い松の木が生えている。その幹を伝って、地上へ降りるわけだ。

「さあ……」

お雪は、一瞬ためらったが、前のめりに、こわごわ庇まで降りていき、思いきって、ぱッと瓦を蹴って、松の幹に飛びついた。幹を両手で抱えて、ズルズルズルッと地面へ降り立つ。長襦袢の裾が捲れ上がって、内股まで露わになった。

つぎにお艶、しんがりは銀次で……三人が降りたところは、裏庭であった。それから三人はひとかたまりになって、すばやく庭を走り抜けた。

裏木戸の三間ほど前まで、突っ走った時だった。

「女が逃げたぜ！」

と、声があがった。つづいて、

「追えっ、逃がすなっ」

「追っかけてやっちまえっ！」

屋敷の中に声が飛びかい、スットビの亀、マムシの源吉ら子分たちが、おっとり長脇差で、廊下から庭へ飛び出してきた。

「待てえっ」

「やいやい、待たねえと、ただはおかねえぞ、今度は、裸にするだけではがまんならねえ……待ちやがれっ!」

銀次、お艶、お雪の背中へ、バラバラバラッと追いすがってくる。三人は、夢中で、裏木戸から路地へ、路地から通りへ走り出た。お雪は長襦袢だけではだし、お艶もはだしだ。そんな二人の女が血相を変えて、往来へ走り出たのだから、通行人が目を見張る。

「あっ、いけねえ!」

しんがりの銀次が、さっと大刀を抜いた。怪四郎からもらい受けた、はげちょろけの朱鞘だ。

抜刀してから、四、五間走ったが、その時すでに、亀や源吉ら子分たちに、グルリと、取り囲まれていたのである。

やはり、はだしの女連れでは逃げきることはできなかったのだ。おまけに、鬼形の子分たちは、いまに怪四郎が斬りこんできやがるだろうと、手ぐすねひいて待ちかまえていたのである。だから、飛び出した時から喧嘩装束だったたし、殺気立っていた。

「ちくしょう、メダカのように、わんさと群がってきやがったな」

銀次は、お艶とお雪を背中にかばって、大刀を大上段に振りかぶった。

鬼形一家は二十人あまり、抜刀してかまえているやつもいるし、顎をなぜながら観戦と決めこんでいるやつもいる。子分たちのうしろに、親分主膳の顔も見えた。

まさに、銀次、絶体絶命のピンチ。お雪は怯えて、お艶の袖をつかんでいる。

「女を渡せ、渡さねえと、ぶった斬るぞ」

亀が、抜き身を右手に提げて、ズイと一歩すすみ出た。

「渡せるもんかい、べらぼうめ……白魚の銀次といや、チト名の知れたおあにいさんだ、死んだって渡してなるものか。かかってきやがれ、オタンコナスめっ！」

銀次は捨て身だ、やけくそになってわめくと、

「斬ってしまえ」

子分のうしろで、主膳が言った。その声と同時に、

「くたばれっ」

一人の子分が、横脇から、銀次の脇腹へ、たッと斬りこんできた。

「うぬっ」

銀次は、がきッと鍔元で受けとめる。しゅうーッと白刃と白刃が嚙み合って、猛烈な鍔

ぜりあいとなる。鍔ぜりあいになると、どちらも剣法を知らないから、腕力の強い方が勝つ。

「ウーム」

銀次は、相手を押さえつけようと、顔を真っ赤に染め、渾身の力を鍔元にあつめて、のしかかっていった。

「あれーえっ」

突然、お雪が悲鳴をあげた。銀次が鍔ぜりあいで、押しつ押されつしている隙に、源吉が、お雪に飛びかかったのである。

源吉にうしろから抱きすくめられて、お雪の白い脛が宙に躍る。

「何するんだいっ」

お雪を奪われてなるものかと、お艶が源吉の襟元をグイとつかんで、引っ張った。

その時であった。

長身の虚無僧が、長脇差を振りかざしている鬼形一家の子分と子分の間から、白刃の襖《ふすま》の中へ飄然と現われたのである。

虚無僧は、お雪のそばへツカツカと歩み寄っていくと、いきなり、源吉の頭を、ポカッと尺八で殴りつけた。

「痛てて、痛てて……痛てて……」

源吉は、両手で頭を抱えて、ドスンと尻もちをつく。

「やい、おめえは何者だ、虚無僧か？　虚無僧の飛び出す幕じゃねえ、すっこんでいやがれっ」

と、亀がわめき、

「尺八は吹くもンだ、人を殴るものじゃねえ」

「はったおすぞ！」

「簀巻《すまき》にして、大川へ投げこむぞウ」

三ン下たちも、口々にがなりたてる。

しかし、虚無僧は、お艶とお雪を背中にかばって、無言で悠然と立っているのだ。

天蓋をかぶり、袈裟をつけ、懐剣を帯びて、まるで、芝居で見るような、スカッとした虚無僧姿である。芝居の場合でも、虚無僧は、たいてい立役で、男っぷりがよく、腕が立つと決まっていて、ヤンヤと見物人の喝采を浴びるものだが……この長身の虚無僧も、艶やかな女をかばって、悠然と立ったところは、芝居の舞台から抜け出したように颯爽《さっそう》と見えた。

剣と尺八

1

モクモクとふくれ上がった灰色の雲が、頭上いっぱいに広がった。遠雷の音が、低く聞こえてくる。

さァーと風が足元を吹き抜けていって、怪四郎の着物の裾がはためき、まくれ上がった。

怪四郎は、半刻あまりも古備前信房の長刀を振るっているのである。

走っては斬り、斬っては走って、すでに六人を倒していた。味方の者の死を眼前に見ても、鮫島又内の指揮する亀山藩のめんめんは、少しも退く気配を見せなかった。

同輩が斬られて、円陣が崩れると、すぐにまた陣を立て直して、執拗に斬ってくる。食いついたら離れまいと、あくまでも執拗であった。怪四郎が、ほんの一瞬でも気をゆるめると、その隙を狙って、積極的に攻勢に出てくる。

「敵は弱ってきたぞ、間隙をついて斬って出よ、あせってはならぬぞ」

又内は大声をあげて、輩下の者を励ます。己は斬って出ようとせず、怪四郎を牽制するだけである。

怪四郎は、いつの間にか、諸肌脱ぎになっていたが、その痩身は、返り血を浴びて、真っ赤になっていた。ザンバラ髪は、風にあおられて逆立ち、疲労で窪んだ日は血走っている。おまけに血を吐いたものだろう、唇のはしから顎へかけて、血がこびりついていた。

その姿は、まさに凄惨《せいさん》……地獄から這いずり上がってきた亡霊を思わせる。

「どうやら、おれもおしめえらしいな」

魔剣の持ち主、怪四郎といえど、二十余人の敵を斬り伏せるのは不可能だ。胸を病んでいたから、疲労の度は激しい。いまはもう、消耗しきっていて、気力だけで、太刀をかまえているのだ。

「やいやい、人形みてえに突っ立っていねえで、さっさとかかってきやがれっ、男じゃねえか、男ならやってみな、度胸を据えて、斬ってきやがれっ」

怪四郎の声は、魅力的な低音だが、もうかすれてしまってカスカスだ。

「このままじゃ、どうにもならねえ」

と、怪四郎は焦躁を感じていた。さすがの剣魔も、人を斬るのが、いやになってきた。肉を斬り、骨を断ち、ずぅーンと斬りおろしても、その刹那に、だんだん快感を覚えなくなってきた。

その上、お艶と銀次の身が案じられてならなかった。銀次のやつ、ドジを踏んだのではなかろうか？　だから、一刻も早く、鬼形屋敷へ駈けつけたい。

怪四郎は斬って走り、走っては斬って、駒形町をめざしていたのである。

聖天町をすぎると、やがて花川戸だ。

怪四郎は、太刀を薙《な》いで、剣陣の一角を崩すと、その間隙をついて、花川戸の方へ走り出した。

さて、銀次、お艶、お雪の組はといえば――、
ちょうどこの頃、大川橋を右に見ながら、花川戸へさしかかっていた。

――危うところを、虚無僧に助けられたのである。いま、その虚無僧の右手には、長脇差が握りしめられている。鬼形一家の子分の手から奪いとったものであった。

虚無僧は、その長脇差を振るって、斬りかかってくる、やくざたちを叩き伏せる。いずれも峰打ちであった。よほど腕が立つのであろう、お雪とお艶を背中にかばいながら、斬

りかかってくるやつを、無言で叩き伏せるのである。

鬼形一家は、親分の主膳をはじめ、亀や源吉ら子分が、ざっと二十人くらい。これもまた、執拗に攻勢に出てくるのである。

虚無僧、銀次が白刃を振るって、少しずつ花川戸の方へ移動すると、お艶とお雪が、二人の背中にくっついて、あとにつづく。

鬼形一家の長脇差の陣も、四人とともに移動する。さすがに、親分の主膳は自分で、腕の立つ虚無僧を斬ろうとはせず、子分の背後に立って、じいーっと見守っているばかり。

虚無僧は、つねに無言だった。

「旦那、すいません……助太刀していただいて、おかげさまで、命びろいをしやした」

隙を見、かまえをとかずに、銀次が礼を述べると、

「ウム」

と、虚無僧はうなずいただけであった。一言も口を利かない。峰打ちで、やくざを叩く時にも、無言の気合いだ。

やがて、
虚無僧や銀次を中心とする乱闘の集団は、花川戸へ入った。すると、そこは弥次馬で、ごった返していた。なぜかといえば、いま一つの乱闘の集団がこちらへ……駒形町のほう

へやってくるからであった。

怪四郎と亀山藩の乱闘組。

銀次らと鬼形一家の乱闘組。

この二つの殺気立った集団と集団は、ついに居酒屋のおかめの前でぶつかった。

いまにも、ざあーッと夕立のきそうな灰色の空の下で、四十幾筋の白刃の光芒が入り乱れた。砂埃が舞い上がり、怒号、絶叫、悲鳴が飛んで、花川戸の大通りは、修羅場と化した。

「あっ、怪さん、怪さァーん!」

亀山藩のめんめんに囲まれて、血塗られた二尺八寸の長刀を右手にぶら提げて立っている怪四郎の姿を見つけて、お艶が大声で呼びかけた。

「おっ、怒の旦那!」

と、銀次も声をはずませる。

2

頭上に覆いかぶさった黒雲から、さッと一陣の強風が吹き起こり、ピカリ! 稲妻が一《いっ》

閃《せん》したかと思うと、
バリン！

炸裂《さくれつ》音が耳をつんざいた。と同時に、大粒の雨が沛然《はいぜん》と……屋根へ、地面へ、弥次馬の頭上へ襲いかかってくる。

「ちっ、降ってきやがった」

「いいところなのに、意地の悪い夕立ちだ」

弥次馬は、われ先にと、ひしめきあって、さっと軒下にかけこんだ。

乱闘はつづけられている。剣気が夕立ちの中で生きていたのだ。雨脚の中に、幾筋も、幾筋もの白刃の光芒が、ぼうーとかすんで見えた。現実の死闘というより、夢の世界のできごとのような光景。

「怪さん、怪さァーん！」

お艶は雨に打たれながら、われを忘れて、白刃と白刃の間をかいくぐり、怪四郎のそばへ走り寄った。

「怒の旦那っ」

と、銀次も、お雪も、虚無僧も、お艶のあとにつづいて、白刃の間をかけ抜けた。

そこで、怪四郎、虚無僧、銀次、お艶、お雪の五人は、ひとかたまりになり、背中合わせになって、円陣の中でかまえたのである。

この五人を、グルリと白刃を連ねて陣を敷くは、亀山藩のめんめんと、鬼形一家の子分たち。

「お互いに協力して、叩き斬ろうではないか」

「よかろう、ぬかるまいぞ」

鮫島又内と鬼形主膳は、顔見知りだったから、一団となり、力を合わせて、怪四郎ら五人を攻撃することになった。

「生きていてよかったな、心配させやがるぜ」

怪四郎は、お艶と銀次をチラと見やって、にっと笑ってから、不審そうな視線を虚無僧に移した。

虚無僧は、天蓋をかぶったまま、長脇差をピタリと正眼にかまえて、無言。

白刃の円陣を作る鬼形一家と亀山藩のめんめんは、しばし攻勢に出ようとしない。

凄愴たる剣気。聞こえるのは、ざあーッと降りそそぐ雨の音だけ。誰一人として、口を利くものはない。殺気で喉を詰まらせているのだ。

突然、亀山藩の一人が、つゥーと怪四郎の前へ爪先立ちにすすみ出た。と見るや、片手殴りに、グウンと怪四郎の脇胴を薙いだ。

「エエイッ」

怪四郎の気合いとともに、白刃の光芒が弧を描いて……、
息を呑む一瞬、斬って出た男は、大刀をつかんだ右手を頭上に高々と差し上げ、肩口から鮮血を吹き上げて、のけぞった。怪四郎の鮮やかな袈裟斬りが決まったのである。

その時、虚無僧が、はじめて口を利いた。

「鮫島又内、前へ出なさい」

凛《りん》とした声音だ。主膳と肩を並べて、輩下のうしろで観戦していた又内は、ふいに声をかけられて、ぎょッとした気配を見せる。

「又内、前へ出ろ！」

もう一度、虚無僧が言った。今度は、いくらか怒気を含んだ声である。だが、天蓋をかぶっているから、その表情はわからない。

「何者だ、名乗れっ！　……天蓋を取って顔を見せろ」

又内は、大声で怒鳴り返した。

「顔を見せてほしいか？」

「天蓋を取れえっ」

「よかろう」

そう言ったとたんに、虚無僧は、ぱッと天蓋を右手で跳ね上げた。

「ああっ!」

虚無僧の横顔を見るなり、お雪が歓喜の叫びを発した。又内は、うっ――とうめいて、目を見張った。

「アユだ」

「アユの野郎だ」

と、同時に源吉と亀が、おどろきの声をあげて、切っ先を慄わせる。

虚無僧は、鮎太郎であった。

――過ぎし夜の船遊山のおり、鮎太郎は、岩淵兵部に短銃で撃たれて、大川へ沈んだ。左肩を撃たれたのだが、ほんのかすり傷程度のものであった。かすり傷をうけて、水面へ落ちていったのは、兵部の手にする連発銃を見たからだ。つづけざまに発射されて、命をとられてはならぬと、わざとよろめき、転落し、水の中へ潜ったのである。

その時、
しまった!

と思ったのは、糸巻太刀を屋形船の中へ置いてきたことだった。が、屋形の中へ引き返すことはできなかった。水練を得意とする鮎太郎は、船底の下を潜り抜けて、岸をめざして泳いだ。

河岸に泳ぎつくと、両国の船宿にあがって、濡れた着物を脱ぎ捨て、傷の手当をした。そしてその翌日から、虚無僧に変装したのである。亀山藩の陰謀組のやつらに顔を見られて、命を狙われてはたまらないと考えたからだ。

そのうえ、鮎太郎の手には、糸巻太刀がなかった。太刀がなければ、父、下野守との対面が叶わない。

鮎太郎は、糸巻太刀を又内に奪われたのを知っていた。河岸に向かって泳ぎながら、そっと振り向いた時、太刀をつかんで舳先《へさき》に立つ又内を目にしたからだ。

さて、どうすれば、あの太刀を取り戻すことができるか？

鮎太郎は考えた。太刀は家老の岩淵兵部の手にあるはずだが？

よい思案の浮かばぬままに、虚無僧姿の鮎太郎は、江戸の町中を歩きまわった。

とにかく、江戸の空気になじんで、いま一度、新しく出直すことだと。

そして、今日の昼頃、フラリと茶店に立ち寄った。その店先で、お雪が鬼形主膳にさらわれたという噂話を聞いたのである。

「お雪を助けてやろう、助け出してやらねばならぬ」

鮎太郎は、駒形町の鬼形屋敷に向かって足を急がせた。――と、鬼屋敷の近くまできた時、子分たちに囲まれている、お雪、銀次、お艶の三人を目にしたのである。

――それから、乱闘が始まったわけで……いまこの花川戸の路上で、怪四郎たちと一緒に、白刃の円陣の中に立っているのだ。

鮎太郎が意外だったのは、怪四郎が糸巻太刀を持っていたことだ。しかし、その太刀が、どうして怪四郎の手にあるのか、訊きただす余裕もなく、宿敵又内に向かって、声を飛ばしたのであった。

「又内、奇遇だな」

「ウーム」

又内は、おどろきのあまり声が出ないらしく、低くうめくだけ。

「なにっ、アユとは鮎太郎のことか？」

主膳は、ギロッと目を光らせて、亀に問いかけ、

「へい」

亀が、うなずくのを確かめると、

「斬れえ、その鮎太郎の虚無僧を叩き斬れえっ」

と、大声でわめいた。

「鮎どの、しばらくぶりだな。この太刀は、いまのところ借りておくぜ」

怪四郎が、しわがれた声で話しかけてくる。鮎太郎は、にこっと笑い返した。しかし、すぐに別人のようなするどい眼差しになって、キッと又内を睨みつけ、

「まいらぬか、又内っ」

「かかれっ、まず虚無僧を斬れい」

と、又内は怒鳴り返す。と同時に、間隔をおいて、鮎太郎と対峙していた亀山藩のめんめんが、

「えやァっ！」

「とおっ！」

するどい気合いを飛ばして、どっと斬りこんだ。

瞬間！　白刃の光芒が乱れ飛んで、鮎太郎の体を包んだ。お雪とお艶が、思わず目をつむると、

「あぶねえっ」

怪四郎が、横脇から、助太刀に出ようとした時、

「怒うじ、おれが相手だっ、こいっ！」

子分をかきわけて、円陣の中へすすみ出た主膳が、つウーと怪四郎の前へ足をすべらせた。二人の間合が詰まって、ピタリと怪四郎は正眼に、主膳は直心影流の一刀両断のかま

え、大刀を肩に担ぐように上げてゆき、切っ先が空をさす。

いつの間にか、夕立はカラリとあがっていた。雲がちぎれて、流れてゆき、その間から覗いた青空は、目の覚めるような明るさだ。

「あっ、役人だァ」

「捕手がきたぞゥ」

突然、弥次馬の中から声があがった。その声とともに鉄蹄の響きが聞こえてきて、

「刀を引けいっ！　狼藉《ろうぜき》許せぬ、刀を引かぬと召し捕るぞ、引けっ」

八丁堀与力、堀田十次郎の声だ。陣笠をかぶり、鞭を手にした十次郎が、馬上から大声で叱咤すると、部下の同心や岡っ引き、捕手たちが弥次馬をかきわけて、どっと押しよせてきた。

対決

1

その夜、心中屋敷の茶室では……。

鮎太郎、怪四郎、銀次、お艶、お雪の五人が顔をそろえていた。無宿中間《ちゅうげん》の辰と安の顔が見えないのは、かっぱらい商売に出かけていったものだろう。

さて、五人が茶室に集まったのは、いうまでもなく再会の宴。

茶室の障子が開け放たれているので、涼風が流れこんできて、軒先に吊るされた風鈴が、チリン、チリン、と鳴る。夏草の生え茂った庭にも打ち水がされている。

五人の顔は明るく、宴はたけなわ。

酒は、かっぱらってきたのが充分にあるし、肴は、板前の清吉が出張してきて、腕を振るったのだから、うまい。

酒を飲み、肴をつまみながら、話は尽きない。

鮎太郎が、大川に沈んでからのいきさつを語ると、銀次が、糸巻太刀を盗み出した時の模様を説明する。

「存分に斬らせてもらったが……しかし、危ないところだった。与力の十次郎に助けられたようなものだ。ま、とにかく、この太刀を返しておこう。鮎どの受け取ってくれ」

と、怪四郎は言い、糸巻太刀は、ふたたび鮎太郎の手に戻ったのである。

「銀次どの、ご苦労だったな」

と、鮎太郎がねぎらうと、

「なあーに、盗み出すのは、あっしの商売で……礼を言われちゃ、照れくせえ」

銀次は、へっへへへ……と、うれしそうな顔。

お雪は、さっきから、だまったきり、じいーっと鮎太郎の顔を見つめている。ほれぼれと……とろけるような眼差しで。お艶の方は、怪四郎にくっついて、ペッタリとすわっていた。眼のふちを、ポーと桜色に染めて、怪四郎の横顔へ色っぽい秋波《しゅうは》を送るのである。

銀次は、あてられ気味で、

「ところで、怒の旦那、今後の対策はいかがいたしやしょう?」

と、切り出した。

「おれは、いま一度鬼形屋敷へ乗りこんでいって、主膳を斬る」

怪四郎は、例のしわがれ声で言った。

「大丈夫なの……あんた？」

お艶は、怪さんと、いつものように呼ばないで、あんたと言った。

「商売敵だ。対決は避けられめえ、斬るか、斬られるかだ。どうせ、おれは先が長くねえから心配するんじゃねえ……ところで、鮎どのは、これから、どうするつもりだ？」

「亀山藩の上屋敷を訪ねてみる。その時には、怒どのに、介添役を頼みたい」

「よかろう、助太刀なら、いつでも、喜んで引き受けるぜ。真っ正面から上屋敷へ乗りこんでいって、悪家老の一味をやっつけようじゃねえか……おもしれえ」

あくまでも、怪四郎は殺人魔らしい。

「あんたァ」

お艶が、怪四郎の顔を覗きこんで、チョッピリ甘えた声を出した。

「あんまり、無理しないでよ」

「なンぬかしやがる」

「あたしは、あんたの体を心配しているんですよ」

「おもしろくもねえ、だから、メスは……」

と、そこまで言って、怪四郎があわてて口をつぐむと、銀次が、クスッと吹き出した。

鮎太郎は、お艶と怪四郎の顔を見比べて、ニコニコ笑っている。

「痛てて……」

怪四郎が言った。お艶に、どこかつねられたらしい。その時、

「あっ」

お雪が、庭の方を見て、怯えた声をあげた。

あとの四人も、はっとして、いっせいに庭を見る。

――と、そこには、月の光を浴び、夏草の上に黒い影を落として、宗十郎頭巾の男が立っていた。

2

庭いっぱいに生え茂った雑草は、月光に照らし出されて、青い絨毯《じゆうたん》を敷きつめたように見えた。

宗十郎頭巾の男は、その雑草の中に、彫像のように立ちはだかっていた。何の目的があ

って、この屋敷へやってきたものか、口も利かずに、突っ立っているのだ。頭巾の間から、覗いている目は、怪四郎に注がれているようであった。

「おっ、いつかの夜、おいらに斬りつけやがった辻斬り野郎だ。ちがいねえ」

銀次が、さっと腰を浮かせると、

「とうとう、おいでなすったな」

怪四郎が、はげちょろけの朱鞘をつかんで立ち上がり、

「おれにまかしておけ。鮎どのと、おまえたちは、この茶室から見物しておればいい」

こう言って、茶室を出、庭に下りて、宗十郎頭巾の前へツカツカと歩み寄っていった。

お艶が、すがりつくような眼差しで鮎太郎を見た。加勢を期待したのだろうが、鮎太郎は立ち上がる気配を見せずに、じいーっと怪四郎に視線をそそいでいる。

「遠慮はいらねえ……抜けえっ！」

怪四郎は、宗十郎頭巾と向かい合うと、ズンと凄味のこもった声で言った。

しかし、宗十郎頭巾は、無言。抜刀しないで突っ立っている。怪四郎も抜かなかったが、それでいて、庭いっぱいに殺気がみなぎっているのだ。

お艶と銀次は、庭へ下りた。息詰まる殺気に圧倒されて、じいっとしていることができず、われを忘れて、茶室を出てしまったものだろう。

宗十郎頭巾が、右足を一歩前に踏み出した。

怪四郎は、微動だにしない。

静寂。

――と、その時、怪四郎がニヤリと笑った。魔の剣士といわれる妖しい笑いだ。やせこけた顔がゆがんで見えた。それが誘いの笑いだった。

「えやァーっ」

宗十郎頭巾の体が沈んだかと思うと、だっと抜き打ちに怪四郎に斬りつけた。と同時に、

「うぬっ」

怪四郎の手元から、キラッと稲妻のように白刃が伸びて、二筋の光芒が交差したかに見えたが、

「うっううう……」

宗十郎頭巾は、右肩から怪四郎の足元へ、つんのめった。

怪四郎の魔剣が、宗十郎頭巾の左肩から、ななめに、みぞおちまで、ザンと斬り下げていたのである。

ぷうーンと、血の臭いが広がる。

怪四郎は、懐紙で血糊を拭うと、パチンと鍔音をひびかせた。

「やりやしたね、旦那っ」

銀次が、すでに死骸となって、夏草の上に横たわっている宗十郎頭巾のそばへ走り寄ると、

「頭巾を取ってみろ」

怪四郎が言った。

「へい」

銀次がしゃがみこんで、頭巾を取ると——その男は、鬼形主膳であった。主膳の断末魔の形相《ぎょうそう》が、月の光で照らし出されたのである。

鮎太郎《あゆたろう》若様

あくる日。鮎太郎は、腰に糸巻太刀を差して、怪四郎とともに、亀山藩の上屋敷を訪ねた。

「どなたを訪ねてまいられた？」

「用件を、うかがおう」

と、あやしむ門番を無視して、二人は、ツカツカと庭を歩いていって、大玄関に立ち、案内を乞うた。

応対に出た若侍に来意を告げると、

「えっ、殿に直々、お目にかかりたいと申されるか……しばらく、お待ちを」

と、若侍は、あわてて引き退がっていったが――やがて、大玄関へ姿を現わしたのは、おっとり刀の鮫島又内であった。

又内は、鮎太郎と怪四郎を見ると、さっと顔をこわばらせて、

「まいったか、不逞浪人めっ！」

いきなり抜刀して、鮎太郎に斬りかかった。

刹那、怪四郎が横脇から、無言の気合いで、抜打ちに又内を斬った。鮮やかな袈裟斬りであった。

又内の断末魔の絶叫が、大玄関から、表書院にこだまするると同時に、だだだっ……と廊下を踏みならして、若侍たちが、おっとり刀で走り出てきて、二人を、グルッと取り囲む。

「狼藉者だっ」

「曲者《くせもの》でござるぞ、出会えっ」

若侍たちは、口々に叫んで大刀を抜き放った。その時、この騒ぎを聞きつけて、御留守居役の弦間民部左衛門が、

「何事だ？」

と、奥から廊下伝いにやってきたのである。そして、白刃をかまえて殺気立つ家中のめんめんに取り囲まれている、鮎太郎の顔を見ると、はっとして、

「引けいっ、ひかえいっ」

民部左衛門は、家中の者たちを押さえて、

「鮎太郎様ですか？」

と、丁重に問いかけた。

「いかにも、鮎太郎です。ここに古備前信房の太刀も所持しております。こちらは、わたしの親友で怒怪四郎どのという剣術の達人……」

当主の下野守と鮎太郎の顔が、あまりにもよく似ていたので、民部左衛門は疑わなかった。その上、鮎太郎には大名らしい気品があったので、すぐに若殿様と察したのである。

そして、鮎太郎の糸巻太刀に視線を移すと、民部左衛門は大きくうなずいた。

「鮎様……いえ、若様、お待ち申し上げておりました」

「案ずるより、生むは易しとは、うまく言ったものだ……よかったな、鮎どの。これで父上どのと対面ができるわけだ。なんだか、このおれまで、ほっとして、胸のふくらむ思いだ。念願叶って、何よりだった」

いつになく、怪四郎がしみじみとした口調で言った。

「殿がお待ちかねでございます」

家老の岩淵兵部が、切腹して果てたのは、その日の夕刻であった。それから数日たって鮎太郎、怪四郎、お艶、お雪、銀次の五人は、ふたたび、心中屋敷で顔をそろえた。いうまでもなく、若殿誕生のお祝いの宴である。若殿様の鮎太郎は、お忍びで、そっと屋敷を脱け出してきたのだった。

「めでてえ、めでてえ、めでてえ」

と、銀次は、しきりに連発するし、

「鮎さん、いえ、若様、よかったですねえ、ほんとに……」

お艶も、祝福してくれるが、

「わたし、若様の腰元にしていただくのはよします。やはり、居酒屋の女将で暮らしていきます」

お雪だけは、淋しそうだった。

「いや、腰元になってくれ」

と、鮎太郎が言うと、

「いいんですか、若様、居酒屋の女が腰元になっても？」

「かまわないさ、明日にでも屋敷へくるがよい……ところで、怒どの、仕官しにくれぬか？」

「いや、よそう」

怪四郎は、しわがれた低音で言った。

「やめておこう、おれは、無宿で暮らすほうがいい。どうせ、先は長くねえから、お艶と二人で、仲よくやっていくつもりだ。もっとも、人間ってやつは、誰だって明日のことはわからねえが……」

「あたしと仲よく暮らしてくれるのね」

お艶が喜色をうかべる。

「一つの蒲団で一緒におねんねしてね」

銀次が、からかう。

「お艶が寝返りを打って、押しつぶされちゃかなわねえ」

真顔で、怪四郎が言った。

お雪が吹き出す。

鮎太郎も笑った。

解説——「怒怪四郎《いかりかいしろう》」から「顔のない刑事」シリーズへ

大衆文学研究家　末永昭二《すえながしょうじ》

『袈裟《けさ》斬り怪四郎《かいしろう》』に続く、本文庫の「怒怪四郎シリーズ」第二弾は『無宿若様《むしゅくわかさま》　剣風《けんぷう》街道《かいどう》』だ。

太田蘭三《おおたらんぞう》は、昭和三一（一九五六）年のデビューから昭和三七年ごろまで、「太田瓢一郎《なおたひょういちろう》」というペンネームを名乗り、娯楽時代小説を書いていた。その作品は、主に貸本屋でのレンタルを目的とした書下ろしの単行本と、「倶楽部《クラブ》雑誌」と呼ばれる読物雑誌に掲載されていた。本書のオリジナル本『無宿大名』もこの時期の作品で、昭和三三（一九五八）年八月に小説刊行社という貸本向け出版社から刊行されている。

怒怪四郎が登場する作品は、現在五作が確認されている。シリーズものを得意とし、複数のシリーズを同時進行させている太田蘭三の原点と言ってもいいのが、この「怒怪四郎シリーズ」なのだ。

怒怪四郎の登場篇ともいえる『袈裟斬り怪四郎』では、どこからともなく現われた怪剣士・怒怪四郎が埋蔵金の在《あ》りかをめぐって胸のすくような活躍をするという、怪四郎がメインの作品だったが、本書では、ガラッと雰囲気が変わり、著者がもっとも得意とする茫《ぼう》洋《よう》とした「若様」を主人公に、亀山《かめやま》藩（現在は三重県）のお家騒動を描く。

物語の前半三分の一には怪四郎は登場しない。読者が鮎太郎《あゆたろう》と女郎蜘蛛《じょろうぐも》のお艶《えん》とのスリリングな駆《か》け引きと、謎の刺客の攻撃に気を取られていると、突然さっそうと怪四郎が登場する。芝居なら、大向こうから「待ってました！」と声がかかるところだ。怪四郎が登場すると、強烈なキャラクターの魅力でグイグイと読者を引き込んでいく。ストーリーの中心は鮎太郎若様だが、物語全体は怪四郎がもっとも格好良く活躍することに集中する。

もちろん、鮎太郎もそこらの没個性な突っ転ばしの二枚目ではなく、めっぽう腕が立つうえに眉目秀麗《びもくしゅうれい》、女性にモテるが関心はないという、太田作品ならではのおなじみ「若様」であることは言うまでもない。殺人の魅力に取りつかれ、肺結核のために虚無的になっている怪四郎が陰《いん》のヒーローならば、鮎太郎は「桃太郎侍」や「旗本退屈男」の流れを汲《く》む陽《よう》のヒーローだ。陰と陽が交わることで起こる波乱、それが本作の趣向だ。

二人のヒーローは、お互いの腕と人柄に惹《ひ》かれあう。鮎太郎は怪四郎の虚無的な生き方の中に隠された正義感を垣間《かいま》見た。そして、鮎太郎がこのまま無事に、まっすぐに生きていけるように無償の協力を惜しまない怪四郎は、身を持ち崩してしまった怪四郎自身が失ったものを鮎太郎の中に見たのだ。鈴鹿《すずか》の田舎《いなか》育ちの鮎太郎を助ける怪四郎のまなざしは殺人鬼には似合わない温かさをもっている。

鈴鹿から江戸までの道中は、そのままロードムービーだ。次々に襲いかかる敵を迎え撃ちながら二人が友情を深めていく過程は、まさに映画的であり、伊勢湾の船旅でのアクションシーンは、著者の故郷だけあって、紺碧《こんぺき》の海が見えるような明るい光に包まれている。ここは総天然色《テクニカラー》の大画面で観たいシーンだ。


当時の娯楽の王者であった、映画と娯楽小説は切り離すことができない。ちょうど本シリーズが刊行されていたのは、貸本による読書という娯楽が絶頂をきわめていた時期だ。昭和三三年といえば、翌年四月の皇太子ご成婚を前に、一般家庭のテレビ受像機が激増しつつあった時期でもあった。テレビの普及直前とは、映画が娯楽の王者として君臨した最後の時期だったということでもある。映画産業は、資金と人材をふんだんに投入することができ、文芸大作からプログラムピクチャーまで、多くの作品が制作され、毎週新作が封切られていた。

ところが、映画はいつでもどこでも楽しめるものではない。当時は現在よりずっと職住近接で通勤時間が短く、仕事を終えた勤め人がいったん帰宅してから近くの繁華街で映画を見ることは多かったが、映画を見に行く時間が取れない人も多かった。しかも、当時の封切館の大人料金は一五〇円。千円あれば米が一〇キログラム買えた時代の一五〇円は、なべ底景気のあおりを受けていた庶民には大きかった。

そういう時代だったからこそ、家庭での読書、それも貸本屋から借りてきた本を読むという娯楽が成立したのだ。一泊二日で二〇円くらいの貸本は映画より割安だし、ちょっとずつ読んで、眠くなれば眠ればいいという手軽さもいい。貸本は、いわば「字で読む映画」だった。だからこそ、貸本向けの娯楽小説には、特に映画的な手法や映像的な表現が多く用いられた。

本作を読み進めていくと、『袈裟斬り怪四郎』を読んだ読者は、奇妙な違和感を覚えるかもしれない。『袈裟斬り怪四郎』と本作のストーリーは、つながっているようでつながっていないのだ。現在の読者には、この点がなかなかわかりにくいかもしれない。

日活アクション映画の「渡り鳥シリーズ」を思い出してみよう。小林旭《こばやしあきら》扮《ふん》する渡り鳥・滝伸次《たきしんじ》は日本各地はもとより、海外までギターを持って旅をする流しの歌い手だ。暗い過去のために、一つの土地に定住することができない運命を背負っている。滝は行く先々で土地の悪と闘う。ライバルはたいてい宍戸錠《ししどじょう》だ。そして、ヒロインはどこに行っても浅丘《あさおか》ルリ子。同シリーズの先駆作品となる『南国土佐を後にして』から最終作『渡り鳥故郷へ帰る』まで、この大枠は固定しているが、各作品にはつながりはまったくない。でなければ、全国各地に浅丘ルリ子がいるわけがない。「初恋の人の面影を追っている」という設定はあるにはあるが、映画が変われば旭とルリ子は初対面なのはいかにも不自然だ。そして、前作では死んでしまったキャラクターが、名前を変えただけで次の作品に出てきても、まったく違和感を感じずに、観客は喝采《かっさい》を送っていた。

映画の代用品であった娯楽小説も同じように受け容れられていた。前作と多少設定が違っていたといって、それはまったく問題ではない。このあたりが、同じようにキャラクターの魅力で読ませる小説でありながら、設定を細かく厳守する現在の「キャラ萌《も》え小説」とは根本的に違うところだ。

映画とともに人気を集めていた貸本向け小説は、映画に影響を与えるようになり、赤木《あかぎ》圭一郎《けいいちろう》の「拳銃無頼帖シリーズ」（原作・城戸禮《きどれい》）や小林旭の「銀座旋風児《ギンザマイトガイ》シリーズ」（原作・川内康範《かわうちこうはん》）のように、貸本向けの小説を原作とした映画作品が生まれた。そして、その映画の代用品として、さらに貸本向けの小説が生産されるという図式が生まれた。

シリーズものが何作か続くと、ストーリーも結末も予想がつくようになり、読者の目はストーリーより細部に向けられる。「水戸黄門《みとこうもん》」は、どういう結末になるかを楽しむドラマではない。

そこで、おなじみのキャラクターをどのように決まった枠《わく》の中で、どれだけ生き生きと活躍させることができるかということになる。足手まといになっているだけのように見えるうっかり八兵衛も、「水戸黄門」というドラマには必要不可欠なのだ。

同時に、登場人物へのさまざまな肉付けが進んでいく。

この作品では、怪四郎の生い立ちと前半生が明らかになる。どうして殺人に快楽を覚える殺人鬼が生まれたのか、それは読んでのお楽しみ。

おかしいのは、「怒怪四郎」という名前が「世を忍ぶ仮の名」ではなく、本名ということ。幼なじみに「怪さん」と呼ばれてしまうのは意外で、思わず笑ってしまう。これは著者の不注意ではなく、一種の飄逸《ひょういつ》な味を狙ったジョークであり、時代小説のベタなストーリーのパロディとしてはなかなか皮肉が効《き》いている。

例によって、脇役もいつもの面々。肉感的なお艶に清楚《せいそ》なお雪《ゆき》の二人はお約束。そして、このお家騒動でもっとも貢献したのは、これまたおなじみ銀次《ぎんじ》兄いだ。俠気《おとこぎ》があって大胆な義賊（?）の銀次は、怪四郎たちの危機を絶妙のタイミングで救う。このキャラクターの絡《から》み合いが、太田瓢一郎のチャンバラ・エンターテインメントの真骨頂であり、味わいどころだ。

「お世継ぎをめぐるお家騒動」の物語は昔からいくらでもある。ひとつ間違えれば凡庸《ぼんよう》になってしまいかねない古いテーマを、新しいエンターテインメントとして成立させてしまうのは、類型的だがわかりやすいキャラクターにスパイスの効いた味を付け、ビジュアルなイメージを重視した文章で読者を引きつけるからだ。これは、後の太田蘭三のシリーズにも見られるテクニックを貸本時代に著者がすでに身につけていたことを示しており、「怒怪四郎シリーズ」が「北多摩署純情派シリーズ」や「顔のない刑事シリーズ」と、時代を超えてつながっている証拠でもあるのだ。

（この作品『無宿若様　剣風街道』は、昭和三十三年八月、小説刊行社から四六判で刊行された『無宿大名』を改題したものです）

一〇〇字書評

切り取り線

購買動機（新聞、雑誌名を記入するか、あるいは○をつけてください）

- □（　　　　　　　　　　　　）の広告を見て
- □（　　　　　　　　　　　　）の書評を見て
- □ 知人のすすめで
- □ タイトルに惹かれて
- □ カバーがよかったから
- □ 内容が面白そうだから
- □ 好きな作家だから
- □ 好きな分野の本だから

●最近、最も感銘を受けた作品名をお書きください

●あなたのお好きな作家名をお書きください

●その他、ご要望がありましたらお書きください

住所	〒				
氏名		職業		年齢	
Eメール	※携帯には配信できません		新刊情報等のメール配信を希望する・しない		

あなたにお願い

この本の感想を、編集部までお寄せいただけたらありがたく存じます。今後の企画の参考にさせていただきます。Eメールでも結構です。

いただいた「一〇〇字書評」は、新聞・雑誌等に紹介させていただくことがあります。その場合はお礼として特製図書カードを差し上げます。

前ページの原稿用紙に書評をお書きの上、切り取り、左記までお送り下さい。宛先の住所は不要です。

なお、ご記入いただいたお名前、ご住所等は、書評紹介の事前了解、謝礼のお届けのためだけに利用し、そのほかの目的のために利用することはありません。またそのデータを六カ月を超えて保管することもありませんので、ご安心ください。

〒一〇一—八七〇一
祥伝社文庫編集長　加藤　淳
〇三（三二六五）二〇八〇
bunko@shodensha.co.jp

祥伝社文庫

上質のエンターテインメントを！　珠玉のエスプリを！

祥伝社文庫は創刊15周年を迎える2000年を機に、ここに新たな宣言をいたします。いつの世にも変わらない価値観、つまり「豊かな心」「深い知恵」「大きな楽しみ」に満ちた作品を厳選し、次代を拓く書下ろし作品を大胆に起用し、読者の皆様の心に響く文庫を目指します。どうぞご意見、ご希望を編集部までお寄せくださるよう、お願いいたします。

2000年1月1日　　祥伝社文庫編集部

無宿《むしゆく》 若様《わかさま》　剣風街道《けんぷうかいどう》　長編時代小説

平成18年4月20日　初版第1刷発行

著　者　太《おお》田《た》蘭《らん》三《ぞう》

発行者　深澤健一

発行所　祥《しよう》伝《でん》社《しや》

東京都千代田区神田神保町3-6-5
九段尚学ビル　〒101-8701
☎ 03(3265)2081(販売部)
☎ 03(3265)2080(編集部)
☎ 03(3265)3622(業務部)

印刷所
製本所　図書印刷

ISBN4-396-33286-6 C0193

祥伝社のホームページ・http://www.shodensha.co.jp/